新装版

対談

ヤポネシアの海辺から

島尾ミホ
石牟礼道子

弦書房

装丁＝毛利一枝
〈カバー写真〉
右＝島尾ミホ氏
左＝石牟礼道子氏

【新装版】対談　ヤポネシアの海辺から◉目次

解説　ヤポネシアの海辺から…………前山光則　203

対談司会　岡田哲也

＊この対談は、平成三年一月から五月まで二十回にわたり「ひと風土・記憶の巡礼」と題し、「南日本新聞」に掲載されたものを再構成、両対談者により加補筆されたものです。
＊写真提供＝南日本新聞社

ハレの日の賑わい

奄美の正月料理

石牟礼　*加計呂麻《かけろま》ではお正月には、どんな料理をなさってますか。

島尾　戦前と戦後ではかなり変わりまして、今は普通のお節料理をいたしております。昔から継承されてきた奄美式の料理で現在も行われているのは三献《さんごん》と申しまして、お刺し身、お餅のお吸物、それに笋羹《しゅんかん》の三品を必ずいたします。

石牟礼　それはどんなものでございますか。

島尾　笋羹とはもともと琉球・奄美の食器の一種で、大きめの瀬戸物のふた付き碗ですが、それにお肉やお野菜、クルマエビなどいろいろの品を盛ってつゆを張ります。家によってお出しの取り方や、なかの品々がいくぶん違うと思います。

石牟礼　焼き物の器につゆを張って、お肉を入れるというのは何の肉でしょうか?

島尾　おおかたは豚肉ですが、鶏や猪でもいいんですの。

＊加計呂麻　奄美本島のすぐ南西に位置する島。出入りの激しい海岸線をもつ山島で、古くからのノロ神事を今に伝える。島尾ミホさんはこの島の大島海峡側の入江の村・押角で生まれた。そこから一つ岬を越えた入江が呑之浦《ぬんみゆら》で、戦時中、島尾敏雄が震洋隊指揮官として待機したところである。

島尾　ミホ

石牟礼　お昆布も入っているんでしょうか。

島尾　ええ、お昆布は下に敷きます。三献は必ず、三が日いただきます。聚落によって他の料理は違いがあるかもしれませんが、三献はだいたい奄美大島でしたら共通しているのではないかと思います。なにかの祝い事のときは必ず三献をいたしますから。お正月に限らず、ハ*レの日の料理なんです。宴席の最初にその三献をいたしまして、後からいろんなお料理が続きます。

石牟礼　どういうものをお作りになったんですか？

島尾　煮物、焼き物、酢の物、それに海山の幸の盛り合わせなどですが、煮物の大平《おおひら》は品数も多く、取り合わせが見事でございました。

石牟礼　材料を長く切って……。

島尾　ええ、大平は朱漆塗りに家紋の入った直径二〇センチくらいの大きな椀でしたので器にふさわしく大きく切りました。

＊**ハレの日**　日常生活の普段の状態を意味する「ケ」に対して、「ハレ」は祝祭など非日常の状態をいう。

石牟礼　＊神饌《しんせん》、神様にお供えするみたいな感じの大きさ……。あまり包丁を入れませんよね、神様にお供えするとき。
島尾　神様へのお供えの品とは違いまして、料理としてゆったりと大きくでございます。卵なども厚焼きのほかに、茹で卵を菊花形に、大根、人参などのお野菜も梅花形や扇形に切り、盛り付けもきれいにいたします。
石牟礼　それは年内からずっと準備していくわけでしょうか。
島尾　ええ、年のうち、大みそかまでに全部準備しておきます。（昔は）冷蔵庫がありませんので、魚や豚肉などみんな塩づけにしました。
石牟礼　お正月用に。

石牟礼道子

島尾　ええ、お正月用に暮れの二十八日に家ごとみんな一軒ずつ屠《ほふ》るんです。豚は毎年自分の家の正月用として飼っていました。そしてそれを保存する樽がございました。楕円形の樽で、その中に豚肉を塩で漬け込み、密閉するために棒をしっかり差し込んでおきま

＊神饌　神前に供える飲食物。供物。

した。
石牟礼　内臓とかも？
島尾　いえ、内臓は使いません。よその家は知りませんけど、私の家では全部捨てました。私の聚落では内臓はみんな捨てていたのではないでしょうか。肝臓だけは取りまして、茹でて味噌漬けにいたします。
石牟礼　奄美の方は存じませんけど、沖縄へ参りまして、日常の食べ物の中に本当に豚を上手に、昆布などと取り合わせ、とってもいいお味にしてお使いになっておられるので、食習慣の長い伝統というのを感じました。

豊かな海の幸

島尾　豚肉をよく使います。私の家では、朝からおみおつけ（味噌汁）に豚肉が入っていましたと申しましたら、島尾*が笑いました。「ミホのおみおつけはおみおつけみたいじゃない」って言うんですの、実だくさんなものですから……。島尾の故郷の東北あたりはジャガイモとかその他の実を少し入れます。

***島尾敏雄**　一九一七〜八六年。小説家。第二次大戦で海軍予備学生となり、特攻ボートの震洋隊

おみおつけは、つまりおつゆの方に重きをおくらしいんですのね。
私の郷里の方は実だくさんで、お野菜とか、朝から豚肉も入れてましたから、さつま汁みたいなのが、朝のおみおつけですので、それで島尾が「ミホの料理はみんなおいしいと思うけど、おみおつけだけは東北のがうまいな」って。（笑い）

石牟礼　私、東京へまいりましていつも印象深いのは、おみおつけを飲むっておっしゃるのですね、東京の方々が。飲むっていうので思いだしましたけど、旅館などのおつゆは汁だけ、という感じなんですね。私どもの方も、豚肉は入れませんけれども、ほんとうに実だくさんの、いろいろお野菜が入った、味噌のごった煮みたいなんです。それで、戦前から戦後にかけて、農家などはとても時間がなくて、ふだんは込み入った料理をこさえられませんから、やはりおみおつけの中にいろいろ入れておりました。栄養的にもいいんですよね。

島尾　そうですね。

石牟礼　豚肉を入れると完璧ですね。（笑）

島尾　お魚を使うこともあります。

石牟礼　朝からでございますか。入れなきゃいけないものとしてじゃなくて、それがあるときは、ということでしょうか。

指揮官として奄美に赴き出撃特機中に終戦。島の教師だった大平ミホと四六年に結婚。『死の棘』『出発は遂に訪れず』など著作多数。

島尾　そうですね。肉を使ったり、お魚を入れたり、ことにお魚の時が多かったと思います。夜海へ行って、アジとか釣って朝売りにきますので、獲れたてで、朝からお刺し身とか焼き魚とか、おみおつけとか、みんなお魚ばかりだったりいたしましまして。たいていお魚は毎朝と言っていいほどにたくさんございました。

石牟礼　じつにそれは豊かですね。

島尾　あのころは海ではたくさん獲れましたんでしょうね。聚落の人は漁師じゃなくて主な仕事は農業ですけど、夜になると魚釣りに行きまして、朝帰ってそれを売りに持ってきました。

石牟礼　そういうふうに生きてゆけるっていうのはほんとうに、いちばん望ましいような暮らしの姿ですね。

島尾　そうですねえ。

石牟礼　お魚も獲れたてでございますと、生臭くございませんものね。

島尾　ええ、おいしいですね。アジなどは美しく光っております。ぴちぴち跳ねているのを持ってきますから。

石牟礼　私、東京にしばらく往っておりますと、水俣の出なもんで、お魚の顔を見たくなるんです。よそさまの家にご厄介になったり、食べ物屋さんに行くと、お魚を食べたいなあと思いまして、お魚屋さんに行ってみたくなるんです。並んでいるのを見せてもらうんですが、とても買う気になりません。色がもう変わっていますもんで。イサキだったんですが、悪意もなんにもなくてうっかり、「おとといぐらい入った魚かしら」ってつぶやいたのが、お店の主人の耳に入って、「冗談じゃねえよ、今朝、築地に揚がったんだよ」って言われて二度びっくり……。

島尾　築地の魚市場から今日持ってきたって言うんでしょうね。

石牟礼　びっくりしまして、この人本気で言ってるのかな、それともお客に「うちは特別いきのいいのを入れてんだよ」って景気づけに言ってるのかなあって、まじめに考えましてね。知らないのかしら、新しい魚をって……。でも、魚屋さんですから知ってますよね。いまもって疑問ですけど、本気で言われたのか見栄だったのか。

島尾　それは本気かもしれません。東京の魚屋さんは築地から持ってきたのがいちばん新しいわけですから。

石牟礼　いやもう、とてもお金を出して買う代物ではない、色の変わった魚だったんです。

島尾　そうですねえ。築地の魚河岸に持ってくるまでに何日か日がたってるかもしれませんから。

石牟礼　そして、におってみようかなと思ったけど、見幕がすごくて、向こう脛かっぱらわれるんじゃないかと思って……。そのときにはじめて、べらんめえというのは、この言葉なんだなあと感心いたしまして……。

島尾　そのニュアンスはよくわかります。「冗談じゃねえよ。今朝築地から持ってきたんじゃねえか」って。その魚屋さんの気持ちもよくわかります。

石牟礼　ですから私も、半分申し訳ないという気持ちと、私が切り返したらこの人なんて言うかなと、複雑な気持ちになりまして。「こちとらは水俣の生まれでござんすよ、生まれたときから魚で育ってるんでさ」とかなんとか言ったらこの魚屋さんどう言うのかな。ちょっとそれを言うのはかわいそう、という感じでした。

島尾　島尾は奄美にまいりました当初は、魚があんまり新しすぎておいしくないと言っていました。においが強いといいましょうか、お魚の肉はしまってますけどね。名瀬にまいりましてすぐのころは、お魚のにおいに暫くは慣れないって申していました。石牟礼さんと反対の方なのです。築地を通ったものをずっといただきつけているもんですから、生きているのは強すぎるっていう感じ。

石牟礼　あっ、その強すぎるというのは、やはり、島尾さんのお書きになる感性のなかにも感じられますね。妙に生な、生理的に生な風には、何であれ向き合いたくない、そこにはちょっと繊細すぎて入っていけない、まともに向き合いたくない。なんかそんなの、おありでございますね。魚の好みとかそういうものだけじゃなくて。独特の尺度計ではかっておられる。

男が作る正月料理

――水俣の正月料理はいかがですか。

石牟礼　よそさまには行ったことはないのですけれど、わが家ではいろいろお出しいたします。今は材料がなくなったんですけれども、どういうものかわが家では湯葉《ゆば》でお寿司を作っておりました。まあ海苔のお寿司も作るんですけど。おたくさまあたりではそんなものを作っておられませんでしたか。

島尾　湯葉は私の故郷ではございませんでした。

石牟礼　湯葉を軟らかく煮まして、広い湯葉をですね、それをそおっと広げて、巻き寿司ですけど、黄色い湯葉のお寿司……。湯葉がなくなってからは、卵巻きをするようになりました。黄色い湯葉と、赤く色をつけた湯葉がありました。

島尾　美しいお料理ですね。

石牟礼　はい、それをお正月は必ず、私の小さいころ、小学校くらいまではいたしまして、そのうち卵巻きになりました。

長崎風でしょうか。わが家は舟を廻す仕事もしておりましたもので、長崎からいろいろ材料を仕入れてきて、湯葉なぞも正月用に使っておりました。それから、豚の角煮や、しっぽく料理*を、男の人たちが作っておりました。長崎や天草出身の職人さんがいてくれましたもので、そういう人たちが、正月にかぎらずハレの日には働いてくれておりました。

島尾　そうですね、力の要るお菓子作りとか、お餅つきとかは男の人たちの仕事でした。

石牟礼　まあ、私なんかは邪魔になるんですけれども、やらせてもらうんです。小さいときは。ふだんのお炊事はもちろん女がいたしますけれど、ハレの日のことは「もの事をする」と申すのですが、お正月に限らず男衆たちが、「鶴の巣ごもり」と名づけて、ゆで卵をしんにいれてゴボウとひき肉を外にした揚

＊しっぽく料理　中国風に円卓を囲んで食べる長崎の会席料理。

げ物を必ず作りました。

そして、にんじんとかゴボウとかレンコンとか、皮を捨てずに全部とっておきまして、イカの足などとたたき合せまして、かき揚げにするんです。それはたくさん、もの事をする日のお茶請けでして、客のお膳には乗せないのですが、いちばんおいしいって、女の人たちが喜んで……。男の人たちがすると、なんにも捨てないで、ニンジンの葉っぱも皮もしっぽも捨てないで、ゴボウの皮はさらしておいて、それをたくさんトントンたたいて、かき揚げにします。お料理をいろいろ作った後で、あまりものでまた一品こしらえて、それをお茶請けにして食べて。男の人がするとなんにもむだがないといって喜んでいました。

――ハレの日はいつから始まるんですか。

石牟礼　お餅つきは二十九日、アンコ作りはその前日、ほかの料理の下ごしらえは幾日も前からいたしますけれども、大みそかからですね。男の人は向こうはち巻きをして頑張りますから。そのときは女の人たちも、男衆にしてもらって当然と思っていたようです。ふだんは男尊女卑の気風のところですけれども。うちの母は「天草の男の人たちは、ごちそう作りが上手」って、しんから喜んで、笑みこぼれながらほめるんです。もうそういうときは、男の人たちが頑張らなきゃいけないように、しんから言うんですよね。

そして、お塩のアンコをわざわざ作ります。塩だけの。お砂糖を入れたのも作りますけれど、必ずわが家はお塩で味付けした小豆のアンを作るんですけど、父や祖父は「この塩アンの方が後にはおいしゅうなる」って言うんです。「腐らない」って。あったかい正月なんかはお砂糖の入ったアンコの方はネバネバになるんです。塩を入れたアンコの方はいつまでも、もつんですよ。それで、ほんとうにいろんなものを食べ飽きた後では、お塩のアンコの方がおいしく感じられるんですよね。

島尾　はじめてうかがいます、塩アンというのは。

石牟礼　はあ、お試しになりませんか。さっぱりしておいしゅうございますの。うすい塩アンでございますから。こっちの方がめでたいんだと言って必ず作らせていました ねえ。ずうっと伝わっていたんでしょうかねえ、家に。飢饉の話を父がよくしておりましたから、飢饉が来たらこういうのを食べなきゃいけないと申して、いろんな野草の食べ方を、海草を含めて教えてくれておりましたので、それからの連想で、お砂糖がなくなったときに、塩で代用するのかしらって、単純に考えたり……。ですけど、塩アンの方を神様には必ず、仏様にもあげてましたから。

島尾　お塩はおめでたいものですから。

石牟礼　ですよね。それで、なにか清らかな気持ちという感じがしますよね、神様に向き合いますときに。古い時代のアンかもしれないという気もいたします。

島尾　塩はお浄《きよ》めのときに使いますし、神様に供えますね。家の前に盛り塩もいたしますでしょう。でも、塩アンてほんとうにはじめてうかがいます。お珍しいですね。

石牟礼　うちでよく作ってたのは、正月の幾日目かに必ず生のお魚で無塩寿司を作っておりました。わが家だけみたいですけど。そのときあった魚で。天気次第で新しい魚があったりなかったり、種類が違ってきます。タイがあればタイで、チヌがあればチヌで、アジがあればアジで、必ず生のお魚をお酢でしめて……。

聖なる水の感触

島尾　大みそかの晩は遅くまで正月用の食器類や料理の準備をいたします。

明けて元日の早朝には山裾の川から若水を汲んできて、その若水で家族全員が顔を洗い、晴れ着に身を正して、正月の祝い膳につきます。

——新暦ですか、旧暦ですか。

島尾　年中行事は昔のしきたりのまま旧暦をずっと守り通してきましたが、戦後、奄美大島が*アメリカ軍政下から日本へ復帰した時に、いろいろの事が新暦に変わったと聞いています。しかし私の郷里では正月以外の年中行事はすべて今もなお旧暦が固守されているようです。

石牟礼　水俣の方、わが家でもそうでしたねえ。（新暦になったのは）戦後でございますね。新暦というのを父が非常に怒って……。「こういうことをして、なにが新しい時代か」って。

島尾　子どものころから年中行事は旧暦でなじんできましたから、新暦には心が寄っていきません。節日《せちにち》など何となくぴったりいたしませんし、立春、立秋などの節分も旧暦の方が季節と合っているような気がいたします。

石牟礼　合ってます。専門の農家ではありませんけれども、やはり農事に伴う歳時記をとても大切にしておりましたから。年の初めというのは、やはりおっしゃいますように旧暦でないと、子どももそのように感じてますしね。

加計呂麻の方は、若水を汲まれる、そのお水に対してとくべつの思いがおあ

＊軍政下の奄美大島　終戦後、奄美は沖縄などとともに日本本土から行政的に分離され、アメリカの軍政下に置かれたが、昭和二十八年（一九五三）十二月二十五日、日本に復帰した。なお沖縄の日本復帰は一九七二年五月十五日。

りのようで。
島尾　若水は昔からのしきたりのままに山裾の川のなるべく上流から汲んできました。元日の朝にうちの井戸を使いますときは、最初井戸の中にお米を投げ入れてから汲みます。懐しい習慣は長く伝えてゆきたい思いが切々にいたします。
石牟礼　その川、今でもちゃんと流れてましょうか。
島尾　流れています。しかし様相は変わりました。川に沿って石垣が積まれ、土手には金竹《きんちく》が生え続き、美しい羽色の神島が飛び遊んでいましたのに、今はコンクリートの護岸に覆われて、神鳥や川魚、貝などもいなくなったそうです。どこへ去ったのかと胸が痛みます。
——水に対する特別な思いがございますか。
石牟礼　はい、水というものはほんとうに神聖なものでして、水のあるところには神様がおられるって、村じゅう思っていたんではないでしょうか。それで、小さな泉を海のそばで見つけましても、神様がおられると思って、粗末にはいたしません。泉の周りを土足で行くんですけども、慎むというか、足を下ろすにも、ちょっとはばかりながら、ここに来らせてくださりませっていう気持ちでいたしておりましたので……。

久高島《くだか》にまいりましたときに、とても小さな泉に聖名をつけてあって、その泉の水でみそぎをなさってる。そこらの泉には全部神様の名前がついていていて……。みそぎをするって言えば、冷たい水でなさってる感じでおりましたけれども、あちらは温かい水でございますよね。

島尾　湧き水でなく、流水でもいくぶん温こうございます。

石牟礼　はあ、それでみそぎをなさってる。今、上流の方からとおっしゃいましたけど、そのときやっぱり川の水、温かいんじゃないかしらと思いまして。

島尾　ええ、生温かいですねえ、ことに夏は。そして川は、ここまでは飲み水を汲むところ、ここは使い用の水を汲むところ、ここはお野菜を洗う場所、ここから下はお洗濯をするというふうに、川の区分がされておりました。

石牟礼　私どもの方も、うちの近所にそのような井戸があったんですよ。三十年くらい前まで。もう今は見るかげもありません。その家のおばあちゃんが、いつも井戸のそばにほうきを持って立っておられて、しめなわが張ってありました。村の女の子が米を洗いに来ますよね。お米を洗うところでは履物をぬがなきゃいけない。おばあちゃんはしょっちゅうほうきで清めていますから、土足で入ったりすると「お前はどこん子か」って言われて。こわーいおばあちゃんで、村の女の子たちを教育してました。「親の名はなんちゅうか」って。

＊久高島　沖縄本島南部の知念半島の東方海上五キロに浮かぶ小島。琉球開闢神話に登場する聖地として古くから信仰を集め、また十二年に一度の祭り「イザイホー」でも知られる。

島尾　そうですね、子どもを叱るときは親の名を出して諭していました。

石牟礼　はい、そうやってよその子をしつけてもらって……。それで、お水が湧き出しているところは足元が涼しいといいますか、冷気が流れて。離れると空気も暖かくなりまして、なにか違うんですね。足でわかるんです、水の気配というか。

島尾　指先を入れますと、そのお水の質がだいたいわかるような気がいたします。

石牟礼　ああ、そうですねえ。

島尾　小川国夫*さんのお宅で手を洗いまして、「まあ、このお水はいいですね」って申しましたら「そうですか、ここのお水はいいっていうんでみなさんお茶を点《た》てるときにはもらいに来ますよ」っておっしゃいました。指先を入れますとね、水の質が伝わってくるような気がいたします。微妙なところまでじゃなくて大ざっぱではございますけど、この水は軟らかい水で、これは硬い水とか、これは塩分が少し多いとかいうふうにですね。

川の上流は軟水ですけど下流は海水が寄せてきますから、硬いんですのね。そういうのを子どものころ、水浴びをしながら肌で覚えたんじゃないかと思います。はじめての土地へまいりまして手を洗いますと、すぐにその土地の水質

＊**小川国夫**　一九二七年生。小説家。島尾敏雄の推挙で文壇に登場。『アポロンの島』『試みの岸』など作品多数。

が指先を通して静かに伝わってきます。
石牟礼　まあ、今の水はそれこそ手がどうかなっちゃう。
――水が合うとか合わないということがよくあるんですか。
島尾　そうですねえ。水が合うっていうのは、やっぱりこう、体にも心にもしっとりとなじむことでしょう。
石牟礼　もとは、やっぱり、この水は合う、合わないっていうのがたぶんよくわかっていて、このごろだんだん分からなくなってきて……。
島尾　ほんとうにいい水は、やさしいなめらかな感じがいたしますのね。肌にまつわるように。
石牟礼　そういうのを、なかなか伝えられませんね。
島尾　自分の心と肌で覚えるしかありませんものね。
石牟礼　水には限りませんけれど。
島尾　お料理の味の深みとか草木染めのときの色合いとかも、教えることはできませんですね。
石牟礼　水俣も以前は水がおいしかったんですけどね。水道になりましてから、みんなが水の味、わからなくなった感じがしますね。
うちあたりの、さきほどの井戸の水は町からも汲みにみえて……。病人さんが死ぬ前に＊猿郷《さるごう》の水が飲みたいとおっしゃってたそうで、末期の水を汲みにあっちこっちから来られたり、それから出征兵士が、猿郷の水飲んで行きたいって言ってましたそうで、後から聞きましたけれど、戦争に行く前に……。そうするとなんだか、末期の水を飲んでゆくような感じがするんです。非常に哀切な感じです。

島尾　そうですね。

石牟礼　ここの井戸の水はそんなにいい水だって言って、私の部落の……。もうすっかりだめになりましたけど。水の出る上の丘にいっぱい木があったのを切ってしまったんです。

島尾　昔からの自然の摂理がずうっと連綿と続いていましたものを……。

年の祝いの準備

――奄美でもお正月は門松を……。

島尾　奄美でも門松は立てます。松、竹にユズリハを山へ行ってとってまい

＊猿郷　水俣市の地名。石牟礼さんの自宅もここにある。

ります。床飾りは雪松と申しまして、姿の美しい松の葉先を切って、米の粉をまぶして雪を思わせて白くしたり、枝ぶりに添って綿を掛けたりして、雪被《ゆきかつ》ぎの姿に見立てて生けます。それに蕪《かぶら》を横に飾ります。さらに三方《さんぽう》の上に半紙を敷きウラジロを重ねて床餅の間にユズリハを置いて三つ重ねにして、その上にダイダイを載せますが、ダイダイは葉付きを使います。それからムルキ膳という黄色の漆塗りで縁が黒塗りの高膳に、湯呑みで盛り塩をして、お昆布と鯣《するめ》を短冊に切ったのを、大皿に飾りつけておきました。それは正月三が日使いました。

正月の祝い膳についている全員が、一人ずつあるじの前に進み出て、あるじからおとそとそのお昆布と鯣をちょっと塩につけたものを懐紙にいただきます。この時はなぜか非常に改まったおごそかな気持ちになりました。この後三献や他のお煮しめなどの料理がいろいろと続きます。

——どこの家庭も同じだったのですか。

島尾　はっきりはわかりませんが、私が子供の頃までは盛り塩は一般の家庭ではしなかったかもしれません。昔は士族、奄美ではユカリッチュと申しますが、そういう家ではいたします。一般の家でそれをする場合は、生まれ年がその年の干支《えと》に当たる人の「年の祝い」の時にいたします。「年の祝い」というのは、奄美では大切な祝い事で、特別に羽織や着物を新調したり、いろいろと準備をして親戚縁者を招いて盛大に宴をはります。

石牟礼　私のところと大変似ているんでびっくりして……。ただ、雪松というのはあちらが暖かい国ですので、雪を呼びたいお気持ちかなあと思いました。

島尾　雪を見たことありませんのにと、私も子どものころは不思議でなりませんでした。

石牟礼　ムルキ膳というのは。

島尾　ムルキ膳と申しますのは、木をくり抜いてこしらえた膳だと母から教えを受けていました。

石牟礼　一木を。

島尾　大木をくり抜いてこしらえた、黄色の漆塗りに縁が黒塗りの高膳です。お膳はいろいろな種類がありますが、三献のときは紫檀の親子膳を使いました。子膳の方は縁が立派な透かし彫りになっていました。これは父が中国へ参りました時に持ち帰った珍しい膳で十セットございました。冠婚葬祭や年中行事の時には、お膳や食器（漆器）はそれぞれ決まった器を使うならわしになっていましたが、正月用は三献以外はこれといった決まりはないようで、その時々に応じて陶器など自由に使用していました。お膳も三献以外はヤスク膳やふつうの平膳なども使いました。

大みそかを迎えるための準備に、まず石蕗《つわぶき》をとります。山へ行って石蕗をとってきて、それを茹でて、水にさらします。その石蕗を大みそかの晩に豚の肋《あばら》の骨付き肉と一緒に煮て、それに年を重ねるという意味の年重ね餅と、ご飯、それからほかにお料理がいろいろつきますけれども、必ずいただかなくてはならないのは、年重ね餅とご飯と、石蕗の御馳走でした。これはどこの家でも一緒でした。

石牟礼　うちでは、お飾りの用意は父がもっぱらやっておりました。近所の男の子たちも連れて山に行き、松とユズリハ、ユズリハのことはユズノハと言っていました。それをとりますのは子どもの役目で、山の神様がおられる山からユズノハをいただきます。

竹はわが家にも、もうそのころございませんでしたので、どこからかいただいてくるのか、買ってくるのか、父がかついでまいりました。で、男衆たちは大御馳走作りにかかっておられます。それも長《おさ》がいましてね。若いとき長崎に行っていたような人が指図をしたり、まあお味見とかもして、盛りつけなども「こらいかん」とか言ってちょっと手を出してたちまち綺麗にして……。この人は見事な人だなあって幼心に思いました。料理の方に興味がありましたから。

そして、わが家には今でもあるんですけど、宗和台という入子《いれこ》になった高脚の三つ組の、外は黒で内が朱塗りのお膳を出します。お正月とお祭りのときと、子どもが生まれたお祝いとかの本膳に使うのですが、一年に何回か出す*堺重《さかえじゅう》という大きなお重がありまして、それを取り出して、とっても大事そうに拭いて。昔の品はいいですね、今でもはげておりませんから。

島尾　そうですねえ。昔のお品はよろしいですね。

――着物も特別なものがあるんですか。

石牟礼　はい、お正月にはやはり、必ずあの樟脳《しょうのう》のにおいのするのを着ました。襟元からプーンと香りのする、正月衣《ぎん》といって。

島尾　私の方は毎年必ず新調いたしました。どんな子だくさんのうちでもそれぞれの子どもに少々無理をしてでも新調します。正月の正月衣と八月の祭りの時の八月衣というのが、子どもたちの最大の楽しみでした。ふつう木綿のものので、夏の八月衣は男の子は絣織《かすり》りの着物で、女の子のは型を押したものですが、でも見たところは絣みたいな模様でした。当時の子どもたちの着物姿が懐かしまれてなりません。そして正月も似たような木綿ですけれども、羽織と着物のお対を新調してもらう子どもは自慢でした。それから帯も新しく作ることもありました。

***堺重**　堺市（大阪府）特産の入れ子構造の重箱。

八月衣の添えは草履で、正月衣の添えは下駄《げた》でした。あの塗り下駄、ポックリで、ポックリ履いてるのは私一人でしたので、ちょっと誇らしかったり、恥ずかしかったり……。で、ふつうの子どもたちは、白木の上に写し絵があって、その上に漆のようなものを塗ってあるんです。絵が透けて見え、とてもきれいでした。必ず新しい下駄をお正月は履きました。

石牟礼　お正月は私もやはり小学校一年生まで茣蓙《ござ》つきの赤塗りのポックリを買ってもらいました。目がさめると、枕もとに白紙をおいてその上に新しいのがおいてありまして……。

島尾　下駄はまず最初にお手洗いに履いていくと長持ちするとか言いましてね、お手洗いにまず履いていきました。

石牟礼　お手洗いに履いてゆくのを私も思い出しました。あれ履きますと、シャランと音がしますから、非常に独特の感じですね。カランコロンというふうにも鳴ります。鈴の音が体のなかを通っていく感じがですね、鈴の音とともに体が立ち上がってゆく感じで。ふつうの下駄でも草履でもない、鈴というのはなにか魔力がある感じですから、魂のようなものになったような、鈴を鳴らしていくんだという……。この世の中にいるんだけれども、どこか人間のところをちょっと離れていく感じがして好きでしたけど。

島尾　私は体がほわーっと温かい感じにつつまれました。

石牟礼　何か魔妖《まよう》なところへいくような感じが……。そこから、人間の世界をちょっとふり返って見ている、子どももなんだけども、子どもだからもっと違うものになれるっていう気持ちがしておりました。それと、ふだんは裾の短い着物を着てましたけれど、お正月は裾まで下ろせます。裾をおおう紅絹《もみ》裏の感じがなんともいえません。

島尾　お正月には袖も丈も長い着物でしたね。家では新調した正月衣を着まして、学校へ行く時は私は紋付きを着てまいりました。赤紫色の地色に訪問着みたいに袖と裾に梅と鶯の模様が描かれている五つ紋の振り袖でした。今思いますと不思議なのですが、その着物は木綿の生地に五つ紋、袖と裾に模様が描かれているというのがとても妙に思えますが、そのような着物を持っていました。

そして学校に行く時はその上に葡萄茶《えびちゃ》色の袴をはきました。小学校での四方拝の式には父と一緒にまいりましたが、父も紋付き袴に威儀をただしてまいりました。小学校の式や行事には父は必ず出席していました。私は絹の着物が他にありながら、訪問着風のその着物が絹ではなく、なぜ木綿だったのか、不思議に思いつつ、母にたずねることもなく過ぎたのが残念でなりません。

ハレの日の感覚

石牟礼　お正月で、おやっと思うのは、私の家は本家なもんですから、一族の方がお年始にみえるんですよね。それをお受けするわけですけど、その時のごあいさつのやりとりが、なんだかお芝居を見ているようで、劇的に突然日常から変化するのですね。これはお芝居のようにけいこはしないわけですけど、しきたりというか伝統がありますから、体つきも表情も、父なんか変わるんですね、ふだんと。

いつも使わない言葉で、ふだんの砕けた口調でなくてですね。「昨年から重《ちょう》畳《じょう》……」とか。ふつうは「去年はお宅には」って言うところを「昨年あたりからこなたの方には重畳世話にあずかって」って、文語調の言葉になりまして……。

長老たちや父が非常に威儀を正してしかつめらしくあいさつをしますと、来た人たちも暗示にかかったように、お辞儀の仕方もかみしもを着たようなやりとりをするんですよねえ。それはお正月だけではなくてもあるんですけどね。人がたくさんいらっしゃり、時々事件があったりしますから。そういうときもそういう感じになりまして……。お芝居の舞台のような言葉、あれどこで覚えてくるのかしら。ずうっと伝わっていたのかもしれません。ほんとうに威儀を正して、羽織袴を着てますし。それで、シャラシャラ袴の裾の擦れ合う音とかが……。

島尾　袴の擦れ合う音はさわやかですね。私は父が仙台平の袴をはいて、颯爽と歩く時の絹擦れの音が子供の頃から大好きでございました。

石牟礼　はい。ふつうの衣擦れとはちがう、着替えるときからシャーって、なんかしごくような音がしますよねえ。女の人たちの衣擦れの音もありますけど、男の人が袴をはいて着替えるときはなにか始まるっていうか、舞台が回り始めるような感じがありましてね。そうやって席に着くんですけどねえ。でも長い長いあいさつが……。早く食べたいなーっと。

島尾　そのとき、盛り塩*かなにかなさいませんか。おとそ（屠蘇）あげて。

石牟礼　いたします。

島尾　あいさつに見えた方がお父さまの前にいらして、おとそをいただいて、それから さっきのお昆布と鯣《するめ》をいただいて、それを一人ずつなさいますでしょ

＊**盛り塩**　料理屋などの玄関に、縁起をかついで小さく盛る塩。

う。

石牟礼　一人ずつしておりましたねえ。

島尾　そのあと祝い膳につきますね。

石牟礼　盛り塩をもらって「ああっ、はい、はい」ってお杯の中にいれて飲んだ若い衆がおりました。「おお、辛か」とか言って。もうみんな笑って笑って、「笑うのがめでたい」とかなんとか言って。（笑）

島尾　お正月の朝は必ずお天気がよくて、とてもさわやかだという思いが、なぜか子どものころからずっと胸のうちにあります。

石牟礼　そうですね。とても身体が引き締まる日の光。

島尾　元日の朝日はなにか特別にキラキラ輝くような気がします。以前はずっと旧正月でしたから特に空気が冴えてピリリとした感じでした。それから家の雰囲気ですね、台所でみんなせわしげにしていますし、みんな正月衣を着ていますし。すべてに新しく、年立ち返るという、そんな賑わいと喜びに満ちていました。

声が伝える思いの深さ

神に唱えて遊ぶ

石牟礼　南島全般は存じませんけれど、ミホさんがお書きになったものとか*与那国《よなぐに》に行ってみたりいたしまして、山と名がついているから山かと思って行くと、地上から十五センチばかり高くて木が生えていると、そこはもうほんとうに聖なる山で、そういうところに湧いている泉とか、海岸などの直径一メートルもないくらいな湧き水で、*イザイホーの祭事の禊《みそ》ぎをなさる、そういうのを見てますと、ほんとうに神が宿っている雰囲気がいたしますね。

その聖なる井戸に近づかれるときの、足つきとか身のこなしを見ておりますと、琉舞の原形をみるような、ここから琉球舞踊は来たんだなあという気がいたします。非常に美しいですよね。あんなふうに身体化されるというのは。あいうものがすっかりなくなってしまって、ヤマトの人は知らないですよね。ミホさんにお目にかかりまして、そういうお姿のような気がいたします。

島尾　ありがとうございます。私たちが子どものころは、神様をとっても大

＊**与那国**　沖縄八重山諸島の一つで、日本最西端の島。晴れた日には台湾が遠望できる。

＊**イザイホー**　沖縄の久高島で十二年に一度行われる大祭。三十歳を迎えた島の全女性に神女としての資格を与える儀式。祭りの四日間、白装束の女性たちは神歌（ティルル）を唱え、沐浴やお籠りなど厳しい物忌み生活を送る。近年、島の人口

事にいたしましたね。水の神でも山の神でも。山へ登りますときにも登り口で必ず唱えごとをいたしました。峠道や海岸などで遊びますときも「ここで遊ばせてください」という意味の唱えごとをしまして、ハブが出ないようにというおまじないもしてから遊んでいました。何でも、神が宿るという感じで……。

神山という山もありましてそこへはだれも入ってはいけない、入ったらあとの祟《たた》りが恐しいというんですけど、不思議なことには、そんなのは信じないというような青年が入って行って、変死をするということがあったりしまして、やっぱりほんとうなんですねと、つい村の人は信じるようになっていたんでしょうね。何でも神聖なものとして畏敬しました。

山へ行きまして椎の実を拾うときでも、まず三粒を山の神様へお供えして、「拾わせてください」とあいさつして拾いますし……。そしてむちゃくちゃにはとりませんでした。貝をとりに行きましても、ある一定の大きさになっていないととらないんです。子どものとき貝をとりにまいりまして「これは大人かしら、子どもかしら」って悩むんです。子どもだととっちゃいけないんです。大人になった貝でないととってはいけないんですの。ですから「この貝大人かしら子どもかしら」って悩んで、そして子どもと思ったら「また来年とりにきますね」って言ってそっと石の下に置いて帰るんです。ですからとり尽くすと

流出が著しく、一九七八年を最後に途絶えている。

いうことはなかったのでしょう。

石牟礼　なかったですねえ。親が「こんな小さな子どもをとってきてかわいそうに」って。どうせいただいてしまうわけですから矛盾しているみたいですけど。「欲々とこさぎとってきちゃあならん」って。

島尾　そして子ども同士教えました。この貝子どもかしら大人かしらって悩んでいますと、大きい子が「あっ、それは子どもだからとっちゃだめよ」とか、「この貝は毒だからとっちゃいけない」とかいろんなことを、一緒に遊んでいる年かさの子どもたちがみんな教えますので、自然に覚えていきました。潮の満ち干《ひ》のときの状況なども年かさの子どもから教えられていましたので、岬へ貝拾いにまいりましても、波打ち際の様子に常に気を配っていまして、満ち潮の兆しがみえると子ども同士知らせ合って急いで帰りました。

石牟礼　そうですね。私どももそうでした。

島尾　今はそういう身に添う教育はないですね。

石牟礼　『海辺の生と死』*の中に出てまいりますお唱えごとで、トウトウガナシ？　そんなふうなお祈りの言葉がございましたね。

島尾　ええ、トウトウガナシっていうのは、キリスト教のアーメンっていうような感じでございますね。

＊**『海辺の生と死』**　島尾ミホ著。奄美の昔話や父母の思い出などをつづった小説集。田村俊子賞受賞。一九七四年、創樹社刊。

石牟礼　たくさん、たくさん、あちらの言葉でお書きになってらっしゃいますけど、山に入られたときとか、昏《く》れた山で、あの万太おじに足をつかまえられたときなど……。ああいう唱えごとをなさいますね。神様でしょうか、人間でしょうかっていうような意味のことを。

島尾　神様だったら山に登ってください、人間だったら言葉かけてください、と申しまして。

石牟礼　唱えごとがいろんなところに出てまいりますもので、ミホさんのお書きになるものはとっても好きです。特にお母さまが出てこられる場面、お母さまのことをなんと言われますか。

島尾　アンマ。

石牟礼　あっ、アンマ。で、「奥様」のことを？

島尾　アセー。

石牟礼　あれは私、声に出してね、よく読むんですよ。水俣の言い方と全く同じところも、奄美の方言でお書きになっているものの中にありましてね。それで、一度、ミホさんにお尋ねしたいと思っておりました。どんなふうに読むのかしら、これはどんなふうに発音するのかしらと思いながら、自分勝手に声に出して読んでいるんです。

島尾　加計呂麻の言葉は歌うような発音でした。ことに私が子どものころの、子どもたちの話した言葉は抑揚が豊かでした。「アセー、転ばないでね」っていうのでございますね。ヒロコ坊のところに、それは「アセー、マンギンナヨー、ヘー、アセー」と、このように歌うように言います。（『海辺の生と死』―アセと幼児たち、―母のために）

石牟礼　ほんとうに歌のようですね。

島尾　それからトク坊が「地豆掘りですか」って言うときですね、「アシェー、ウヤヤ、ジマムェフンナ、アシェー」とこのようにまるで童謡を歌うように話しかけるのです。

石牟礼　抑揚がありますね。やっぱり想像していたよりも、もっと抑揚があります。

島尾　この言葉も、今の子どもたちは使えないそうです。わからないとさえ申します。

石牟礼　かわいいですね。小さい子が、ミホさんのお母さんにあいさつしていくんですよね。あなたは地豆を掘っているんですかって。それで、あなたはどこへ行くんですかっておっしゃれば、「ワンナヤマハチ、クィヒレギャー（僕、山へ薪取りに）」って言うんですよね。もう私、あの文章、ほんとうに好きで好きで……。

島尾　子どもたちは母のことを「アセー」と、とても懐かしんでいました。「カナ」はお嬢さま、「シューマ」は若さまという意味の方言もございます。

石牟礼　ソノシートを付けておられたのはあの本でしたが。

島尾　いえ、あれは『東北と奄美の昔話』*。

石牟礼　そうでしたね。これを聞いて、聞いてっ、といろんな人に回しておりましたら、行方不明になってしまいまして。私、あんまり物おしみをいたしませんのですけど、あればっかりはもう、だれが返さないんだろうと思って……。それで、ずうっと「あなたに貸したでしょう?」って、人に言ったりしてまして……、天女の声みたいですよね。

島尾　まだ残っていますから、お送りしますよ。本は「お貸しくだされたく候」だそうですから。本と傘はあとは「下されたく候」になりますそうで。

石牟礼　国語教育の中に、子どもたち向けのあのじつに深みのある美しい童話を採り入れて、方言がわからなくても声を出して読ませたり、歌のように覚えさせたり、読み聞かせたりして、いつかわかるときがきて、またそれが伝承されていくというふうな……。そんなふうに読まれるといいなって、いつも思うんですけど。

＊**『東北と奄美の昔話』**　島尾敏雄著。島尾ミホの方言吹き込みソノシート付き。挿絵は島尾伸三。一九七三年、創樹社刊。

島尾　ありがとうございます。

石牟礼　昔の言葉は、これなんて意味だろうって、非常に素朴に何十年も考えて、なにかのきっかけで「ああ、これはこういうことだったのか」って思い至るときが、一生のうちにあるんじゃないか、とそんなふうに思います。宮沢賢治の「サムサノナツハオロオロアルキ」ってのは、私何十年も考えてて、なんだろうって思ってましたけど。そういう意味で「アセと幼児たち」の中にいっぱいちりばめてあって、もうほんとうに珠玉ですねえ、あのお作品は。

島尾　方言は非常に大切なものですから残るといいと思います。

石牟礼　残るとよろしゅうございますねえ。残さなきゃいけないと思いますねえ。

島尾　今は聚落ではほとんど使わないそうです。子どもたちも。

石牟礼　テレビが入ってきて、テレビ言葉を子どもたちはみんな覚えて……。

島尾　それと学校で使っちゃいけないということになっていたものですから。

石牟礼　あんな美しい言葉をどうして排斥したんでしょうかね。

文字にしにくい肉声

——石牟礼さんの作品にも方言、土地の言葉がよく使われています。僕も歌とか詩を作ってるときには何となく土地の言葉で発想して、文字にするのは標準語。土地の言葉ってのは西九州では音楽みたいになってるわけだけれど、それが共通語になると、途端に音楽、調べとかがなくなって、で、無理に調べを作ろうとして失敗してるなあ、と思うことがあるんです。そういう意味で石牟礼さんの作品は声に出して読んでも楽しいと思うんですが……。

石牟礼　標準語で書かなきゃならないこともありますけど、自分の肉声というのはやっぱり、小さいときからの、木々の気配とか、海や山に宿っているいろんなものの気配とともにありまして、たとえば山は、なにか地の中の精気が出てくるところ、こもっている物陰といいますか、そういうところだと思われます。そういう気配とともに育っておりますのに、そこから切断されて、平均化された言葉が私にくっついておりますので、声を失って、再編成されて、わかりやすく、通りやすい言葉の海の中でばたばたしてる、そんな気がします。

そんなじゃない、という私の気持ちが出せない、なにかを述べたことに全然ならない気がいつもしてまして、なんとか土地に生きていた言葉に近づけたいと思うんですけれど。

ミホさん、加計呂麻の語り言葉の文章に、かたかなでルビを打たれましたね。あれが非常に名訳というとおかしいですけど、非常によくできた適切な標準語で……。あれを読ませていただきまして、この方はほんとうに言霊《ことだま》を持ってきてくださるお方だなあと、私が、そこに住んでると思うような世界から遣わされた、言葉を持って遣わされた方だなあって、思ってですね。そのあとお書きになるものも、やっぱりそういう気持ちで、今度は何をお書きになるのかしらって楽しみにいたしておりました。

島尾　島の言葉を文字で書き表すのはなかなか困難です。文字では非常に表現がむずかしい。それにあのアクセントが全然描出できませんので、自分が書いたのを読みましても、あらどこの言葉かしらという感じがします。どうしても文字ではそのまま書けませんから。それで、なるべく似せた文字を使って表現しますけれども、その言葉を書いたものを自分が読みますと、かなり違う感じがいたします。「マンギンナヨー」という言葉にしましても、書きましたら平板になってしまいますから、読んだとき、あらどこの言葉かしらという感じになってしまいます。

石牟礼　それは私もございますね、書いていて。そういう意味の、ほんとうの肉声というのはなかなか文字にはできなくて……。

島尾　特に奄美方言はむずかしゅうございます。

南島歌謡の世界

石牟礼　南島の言葉というのは、最初は歌のようなものだったでしょうから、歌謡の世界ですね、あの言葉。

島尾　そうですね。

石牟礼　声に出して歌えるような歌が、どうも日本にはなくなってきた気がいたしておりまして、歌うのは恥ずかしいな、とずっと思ってまして、どこに行けば歌える歌があるかしらって長い間思っていましたんですが、どうも南島の方の歌謡が気持ちにしっくりするんです。*『南島歌謡集』なんてのを見てみると、おや、どうも私か探しているのがこの方面にあるようだなあ、と思い始めましたのがもう二十年くらい前で、ずうっと気持ちが向いておりますときに、ミホさんのご本が出まして、ほんとうにこれで一歩近づけるっていう気がいた

*『**南島歌謡大成**』外間守善総編集の全五巻（一九七八〜八〇年、角川書店刊）。宮廷歌謡の「おもろさうし」の原形と

しましてね。声を出して読んでいて、南島歌謡というのは、日常を歌でやりとりするんじゃないかしらと思いまして。

島尾　南島の言葉は使う人によっては、歌謡のような豊かな趣を含み持っているようにも思えます。しかし南島の同じ聚落の言葉でも、歌謡の響きを持たせる人もいれば、かなりあっさりと話す人もいますので、すべてが歌謡の調べに近いとばかりも言えませんけれども。

私が子どものころ夕方帰りが遅いと、母が私を捜して「ワーキャ、ミホヤ、ミリャンティィナー（うちのミホを見かけませんでしたか）」と尋ねて歩くのですが、奄美方言の優しい抑揚にさらに母が歌うように話しかけますので、子どもたちが「アセ言葉」と言って真似ていました。母の語りかけは静かに心に伝えるという思いがこめられていました。人の思いの溢れは、言葉から歌謡へと高まっていくのでございましょう。私の故郷では戦前のころまでは、人々は海でも山でもすぐに歌いだしていました。これをイト（仕事歌）とか言っていたように思います。サトウキビを刈り取りながら、女の人たちが即興で掛け合い歌うのを私はよく見かけました。

石牟礼　日本人は天皇から乞食遊女、狐まで歌をつくる民族といわれてますけど、そういう意味では、やっぱり歌う民族であったかもしれないなあと思う

なった祭祀の場で歌われてきた神歌の集成。南島歌謡の全体像が初めて明らかにされた。

んですね。記紀の世界などはそれをとどめているわけですけれど、それをずうっと歌で考えてゆけば、南島の方にまだそれが色濃くあるような感じがいたしますねえ。あちらに日本人の資質がつながっているという。

――歌と会話にあんまり断絶がないですね。文字で書いたのを読むより、目をつぶって黙って聞いてた方が意味がきちっとわかるような気がします。

島尾　方言を文字で表現いたしますと何を書いてあるのか自分でもわからなくなりそうです。抑揚を失った言葉は単純な文字の羅列になりまして。

言葉と歌謡について申しますと、私は幼児が言葉を覚えてゆく過程をつぶさに見ていまして、いろいろ多くを学びました。孫の真帆が二歳のころ、ひとり遊びで自在に唇をついて出る言葉を口遊《くちずさ》んでいるのを聞いていましたら、古い時代の歌謡の調べと全く同じ調べなので、不思議な感慨に打たれました。歌謡の在る姿をまのあたりにする思いでございました。

石牟礼　言葉が発達というか、今はもう分解している感じですけど、声音でわかりあえた時代のなごりというのは、今でもあるとは思うんですけども……。お芝居などで、いい資質のある役者さんだったら、表現を変えても、多分声音でわからせることができると思うんです。言霊というのがありますけど、声音の世界というのがわかりますよね。理屈を言わなくても。

島尾　声音でわかりあえるといいますのは、沖縄や奄美の民謡を聞いていまして、歌詞は独特の言い回しなので、全く理解できませんのに、感動で涙がこぼれるあれでございますね。沖縄の声音の世界は宮廷舞踊の格調の高さといい、民謡に至るまでの領域の広さといい、すばらしいですね。特に「御冠船踊《おかんせんおどり》」と称される中の「組踊り」（琉球宮廷の楽劇）と、「歌劇」（歌舞劇）にみる唄（歌）と念《となえ》に私は深い感動を覚えます。

島尾と私は機会がございましたら逃さずに沖縄のお芝居を見ました。最初のころは、私よりも島尾の方がお芝居の科白《せりふ》を理解できました。彼の場合は本の上での勉強で覚えたものですから、それなりに理解できたと思いますが、たび重ねて見ていますうちに、私は奄美方言と沖縄方言の似通う部分と、アクセントの特徴をつかむことができるようになりまして、それからは科白がほとんどわかるようになりました。そして歌劇の「泊阿嘉《とまりあーかー》」や「辺戸名《へんとな》ハンドー小《グヮ》」を島尾も私もすっかり覚えてしまいまして、二人で歌劇の唄や念の部分を掛け合いでよくいたしました。

石牟礼　人の心に呼びかける発声法のような……。今はもう呼びかける言葉というのは発声の段階で消えかけてますよね。ですけどミホさんのお書きになったものとか、お話になるお声、それから与那国島にスンカニという歌がありますね、あれを聞いたりいたしますと、その呼び掛けの痛切さというか、哀切というか、非常に強い呼び掛けを感じまして、発声法が西洋音楽と全然違う声の質で、ほんとうに玉の緒が切れそうな感じでして。それを聞いてまして、どうしてこういう発声法になるのか……。

与那国島ってのは、から芋*みたいな形をしてまして、いちばん高いところに立てば、東シナ海も太平洋も島の形も全部見えます。で、船が離れてゆくとき、島に何年かいて現地妻をつくったような人が別れてゆくときに、乗った船が、港から直角には離れていかないんですねえ。島が終わる突端のところまで、島に沿ってずうっとこいでゆくんだそうですね。見送る人たちは、船を追って、岸辺の道を手布*《しゅきん》を振りながらゆくんだそうです。

いよいよもう島の突端にきた、いよいよもう離れなきゃいけないというところから、歌の気持ちがわかってくるような景色です。そうするとこう、大きな波が、ほんとうに山のような波が、幾百となく寄ってきて、船を持ってゆき、見えなくなる。見えなくなる波の向こうの船に、必死で声を届けたいというような声の出し方をなさいます。

また船が波の上に上がるのを待って、手を振って歌いかけられる。波間に沈んだときも声を届けたい、そんな声だなあと思いましてねえ。ですから人に会

***から芋**　甘藷の地方名。主に九州南部での呼称。他に薩摩芋、琉球芋、孝行芋とも呼ばれる。

***手布**　手ふき、ハンカチ。

うということ、別れるということは、いったいどういうことなのか。やっぱり歌に凝縮されてて、言葉もそんなもので、一期一会といいますけれども、もっと深い感じでございますねえ。

島尾　別れと申しますと、私はとても切ないんです。別れの歌を聞きましただけで、胸がこみあげてまいります。名瀬市の住吉町に住んでいましたころ、毎朝図書館*へ出勤します島尾を見送って、バス停でバスが見えなくなるまで手を振っていますと、涙がこぼれましたし、島尾も私の姿が見えている間は、バスの中で手を振り続けてくれました。夕方には帰宅いたしますのに、とても切ない思いでございました。

これは島尾と私との間だけのことではございませんで、息子や娘、つまり家族全員の間で、お互いがそのようにいたします。お話をうかがっていまして、別れがこれほどまでに胸を押し包みますのは、私が南島で育ったからでしょうか、と今はじめて気がつきました。

石牟礼　別れも、会うことも、ほんとうは切ないことなのに、みんなその日その日を粗末にしてしまう時代になってしまいましたから。そんなのをやっぱり取り返したいと私も思ってまして、気持ちがずうっと南島の方に向いて、なぜそちらの方に自分の気持ちが向くのか、何十年も考えてきて、それで、ミホ

***図書館**　島尾敏雄氏は昭和三十三年四月、鹿児島県立図書館奄美分館が名瀬市に設置され、分館長となる（昭和五十年三月まで）。

さんのお書きになったものに、人間は本来、ほんとうはそういう存在であるのに、生きてきたしるしといいますか、ああそれはこういうことなんだ、と、お二人の作品を読ませていただいて、痛切にそう思いました。

島尾　別れが切ないのは南方の生まれだからでしょうかと、いまうかがってつくづくそう思いました。私たち家族の見送りの儀式は鹿児島市に移*ってもなお続いています。島尾が外出しますときは、大通りまで車を追って出て手を振りました。おおかたタクシーでまいりますので、タクシーが角をまがって見えなくなると追いかけて行って手を振り、また島尾も私が見えている限りは必死になって手を振っていました。

　別れが切ないというのは、私は戦争のせいかと思っていました。私と島尾が別れがつらいのは、戦時中、島尾は特攻隊員で出撃即時待機*の状況でしたから、いつ出撃があるかわからないので、会ったとき、いつもこれが最後だと思っていましたから、それが四十何年も余韻を引いているのかしら、というふうに考えていました。いまお話うかがってて、惜別の情切々は南島の血かしらとも思いましたけれども、戦時中の事と両方かもしれませんね。

石牟礼　やはり私などは、いつもうっかり過ごして、日々を粗末に過ごしておりますもので、ときどき覚醒しなくてはなりませんから、そのためにはお手

*島尾さん一家は昭和五十年名瀬市から鹿児島県指宿市に転居、同五十二年神奈川県茅ヶ崎市へ転居。

***出撃即時待機**　島尾敏雄氏は海軍予備学生を志願、昭和十九年少尉任官と同時に特攻要員となり、第十八震洋隊の指揮官として、加計呂麻島呑之浦に基地を設営、翌二十年八月十三日出撃命令が出されたがその状態のまま

本というか、要るわけでして、そういう意味で、しるしと言ったらいいんでしょうか、のぞましい世界へむけて立つしるしであるというふうに、人はほんとうは生きなきゃいけない。ほんとうはそのような存在であるはずなのに、うっかりしておりますので。お二人が生きておられる日々のお姿もですけど、お書きになったもので、そういうことを教えていただいているんです。

島尾　恐縮でございます。やっぱり、日々のなかでよろずのことに本当にもっとちゃんと謙虚に生きないといけないのかもしれませんけど、ふつうはあんまり考えずに日を過ごしてしまいますのねえ。島尾がよく申していました。「人間は何百年も生きられるわけじゃないから、僕とミホはせいぜい長くても後何十年だから、この一瞬一瞬を大切にしましょうね」って、常々申しまして「なるべく一緒にいる時間を一分でも長くしましょうね」とお互いがつとめました。こんなに早く別れてしまいましたから、ああ、ほんとうにそうでした、と思います。

やはり、その時その時を一生懸命生きて在れば後悔は残りませんから、後悔のない生涯を送りたいと願わずにはいられません。そして私は島尾に、お互いにもっと生前に大事にすればよかったと、亡くなったあとに、つらい後悔だけはしないようにしましょうと申しまして、お互いを大切にいたしました。それ

で終戦を迎えた。この年、隣接する部落の小学校教師の大平ミホと知り合う。

は夫婦とか家族だけじゃなくて、人生に対しても、また自然やまわりのすべてに対しても、そういう愛を持ちたいものでございます。私の母は私が幼いころからいつも次のように教えてくれました。「愛深く心優しき人は幸せなり」と。

テレビが変える日本人の表情

島尾　水俣あたりも言葉が変わりましたのですか。

石牟礼　はい、非常に。子どもたちがテレビ言葉で、言葉だけでなくってしぐさも表情も……。私はめったにテレビを見ませんけれども、ほんのときどき茶の間に座っておりますと、広告というのが出てきて、つい最近見たんですが、なんとまあ、日本人は下劣になってしまったんだろうと思いまして……。なんとも妙な人間になってしまったなあと、ただただ呆然とする思いでして。表情も声の出し方も、なるべくわざと目立つように作られた、コマーシャル用の表現なんでしょうけど、ああいう表情を、日本人ははしたないと思ってきましたのに。昔の、思いをひそめていたような、しっとりした表情やたたずまいが、時代とともにただ消えていくなら、まああきらめますけれど、変質の仕方が、あっと驚くようなのがどんどん出てきて、とくに表情なんか……。日本人の阿呆踊りのようなのを、なんとか、隠してしまいたいという気持ちになります。

島尾　若い人たちの新しい感覚の言葉には耳なれない造語も多うございますのね。

石牟礼　はい、耳なれませんけれども、中には面白いと思うのもございますのね。ですけれど、またテレビですが、幼児からお年寄りから見てるわけですけど、もう私、ついのぞいたりしまして、気持ち悪くなるんです。

島尾　テレビを見ていますと、いろいろ考えさせられることも多うございます。

石牟礼　まあ、一斉にあれをみんなが口を開けて見てるのかなあと思うと、ほんとうに異和感をもて余します。上手に選んだにしても、テレビそのものが時代を丸々映し出しておりますから、悪循環でどうなっていくんだろうと思います。思いもかけない妙な素質を、この、人間に深く内蔵されていた悪い素因を、考えることもできなかったような妙ちきりんな素因をぜーんぶ引き出してしまって、そして滅亡するのかなあと思ったりいたします、出し尽くして。

島尾　次の時代を担う大切な子どもさん方がどのような環境で、どのような教育やしつけを受けて成長してゆくかということは、重大なことのように思えますが、可につけ、不可につけ、テレビから受ける精神的な影響も、かなりウエートを占めるのではないでしょうか。家族団欒《だんらん》のひとときをテレビに譲ることの多い現状は、せっかく親子の情愛を深める機会を失わせているのではないかと心が痛みます。

石牟礼　そうですねえ。子どもたちの世界の中にまで砂漠が入り込んでしまいました。感受性の砂漠がですねえ。笑わない赤ちゃんが増えているって言いますねえ。本当に増えているんだそうでございますよ、笑わない赤ちゃん。なんだか、そら恐ろしいことになりそうですよ。

島尾　赤ちゃんには、お母さんに抱かれるほどうれしいことはないでしょうし、お母さんにしても、至福の時でございましょう。その母子の肌の触れ合いの中で、親子のきずなが深まってゆくのではないでしょうか。お互いの思いを伝えあうと申しましょうか、心を通わせるということは、とても大切なことのように思えます。

鳥たちと心通わせる

島尾　私は真っ白な小鳥に「クマ」と名付けてかわいがっていますが、お互いの思いがよく通じます。私が出かける気配がしましたら、小鳥が離れないで、こっちの部屋、あっちの部屋と、ついて歩きます。それがいたわしいぐらい、体じゅうに思いをこめて、懸命にぴょん、ぴょん、ぴょん、と跳んでどこへでもついてまいりますので、私もつい胸がこみあげます。そして外出先でふとクマが肩に止まっている気配を頬のあたりに感じて、急いで家に帰りたくなることもしばしばでございます。お互いの深い思いは、動物でも鳥でも通い合えるものでございますのね。

クマは鳥籠に入れないで、自由にさせていますので、時折二階に行ったりして、姿が見えなくなりますので、クマはどこにいるのでしょう、と私がふと心の中で思いますと、「ここにいます」とどこからかすっと出てきて、肩に止まって「チュッ、チュッ」と声をかけてくれます。それが毎度のことですので、不思議に思えてなりません。

小さな生命に宿る本能と申しますか、天性の予知能力とでも申すのでございましょう。種族が野性でいた時には、厳しい大自然の中で、生命を保ってゆかなければなりませんでしたから、そのような種族保存のための能力を、神さまがお与えになったのでございましょう。真っ白な小さな小鳥の姿を通して、神の存在を畏《おそ》れつつしむ思いに至ります。

先ごろ私は楽しい経験をいたしました。鹿児島市の磯庭園*の山すその方に、ルリカケスの飼育場がございまして、十九羽のルリカケスが飼育されてました。ルリカケスは奄美大島と徳之島にだけ生息する特殊鳥類ですが、そのルリカケスを見かけました時、私はふと故郷の幼なじみに出会ったような懐かしさがこみあげて、思わず飼育場の金網に手をかけて「ヒョーシャーコー、ヒョーシャー、カンコー」と、中の亜熱帯植物の茂みの方へ呼びかけてしまいました。すると一羽のルリカケスが、瑠璃色の翼をひろげて飛んでまいりまして、私の近くの金網に止まって、じっと私を見ますので、懐かしさで涙がこぼれました。ふるさとの島の言葉で呼びかけたのが、ルリカケスの胸に通じたのでしょうと思いました。

そしてなおも続けて呼びかけていますと、次々に飛んできて、私の近くに止まったかと思うと、すぐまた木の茂みの中へ戻り、そしてまたこちらへ飛んで来ることを繰り返しておりました。なかには姿は見せずに、私の声に答えるかのように、葉枝の間から、「ヒョー、ヒョー」と応答を続けてくれるのもいま

＊**磯庭園**　正面に桜島を仰ぐ純日本風の広大な庭園。島津家十九代光久が一六六〇年に別邸としてつくった。仙巌園ともいう。

すし、最初の一羽は私の肩近くの金網につかまったまま、私をじっと見ていました。

「動物とも鳥とも、すぐ仲良しになれる、ミホは不思議な調教師」と島尾が申しておりました言葉が、ふと胸に浮かんでまいりました。マヤ*も傍で私と鳥たちの様子を、優しいまなざしで見ていましたが、ちょうど通りかかった二人のご婦人が、しばらく立ち止って「ここの鳥は、以前この人が飼っていた鳥でしょうね」とおっしゃっているのが耳に入り、私はとてもうれしゅうございました。

石牟礼　よかったですねえ。ミホさんでないと、そんな浄福の刻《とき》はつくりだせません。

島尾　動物でも、鳥でも、思いが通うということはございますのね。

石牟礼　ありますすね。

島尾　またルリカケスの所へまいりたい、と思っております。お互いに心を通わせることができましたから。

石牟礼　それはよっぽど通じたんですねえ。

島尾　これは別の話でございますが、別府の、動物園ではなく、そこは類人猿だけを飼育しているところでしたが、その類人猿とじっと見つめ合って、目

＊島尾マヤ　一九五〇〜二〇〇二年。島尾敏雄、ミホ夫妻の長女。敏雄の『死の棘』などの作品に実名で描かれた。

と目で話し合ったことがございました。

石牟礼　あはあ……、いや私も、よくそういうことあります。

島尾　私の目をじっと見てくれた類人猿の、檻の中での訴えるような悲しげな瞳を思い出しますと、今でも胸がふるえるような思いがいたします。「別府の類人猿に会いたいと時々思います」と島尾に申しましたら「あの時ミホはとても別れを惜しんでいましたね、いつでもお行きなさい、僕も一緒について行きますよ」と申してくれました。動物や鳥などとの初めての出会いでも、思いは通じることがございますものね。

石牟礼　それは実に幸せな世界でございますよね。私の熊本の仕事場のそばに動物園がございまして、ゴリラだったんですが、オリを両手で掴んで、じっと見つめる眸があまりにも孤独そうで、とても悪い気がいたしまして、私逃げだしたことがございます。あそこは彼らには牢屋でございます。

島尾　そういう、通じ合える世界がたくさんございますのに、今の人たちはだんだん通じさせようとしないような気がいたします。

石牟礼　そういう大切なことを、どうかしたらバカにしたりいたしましてねえ。

島尾　私は動物にでも鳥にでも語りかけます。母がいつもそうしていました姿を見て育ったせいかもしれません。

石牟礼　そのとき、島の言葉では、何とおっしゃったんですか。

島尾　「ヒョーシャーコー、ヒョーシャー、カンコウ」

石牟礼　ヒョーシャーってのは、どういう意味でしょうか。

島尾　ルリカケスのことでございます。「ヒョーシャーコー」は、ルリカケスいらっしゃいということでございます。動物や鳥、そして木や草など、自然との対話の世界を私なりに持ち続けたいと願っております。

石牟礼　ずうっと持ちたいものですねえ。

——石牟礼さんもどこかに「思うてさかおけば通じる……」（思ってさえいれば通じる）と書いてられますね。

石牟礼　やっぱり私もそう思っています。こちらの思いが深ければ、人間だけじゃなくて、いろんなものに通じるのではないか。世界がこう、広まると言いますか、深めることができるのではないかと思っていますねえ、相手が犬でも猫でも小鳥でも。

島尾　心をこめて呼びかけたい思いがいたします。

石牟礼　ありますねえ。私も呼びかけたい。でも、ひとつはミホさんのお声が、非常にそのような世界に通じるお声で、まあさっき申しましたように、声音というのは心ですので、そういうお声でいらっしゃいますから、鳥たちの耳にも入りやすくて、胸を打つんでしょうねえ、きっと。

*コンラッド・ローレンツという動物学者が書いておりますが、生まれたばかりのカモの赤ちゃんを観察していたら、目が合って、そのひよこがローレンツをお母さんだと思ってしまって、必死で声をあげながら歩けないはずなのについて来たという話がございますね。感動的に記されていますが。そんなふうにして鳥をかわいがってる人いますよね。それはペットなどということじゃなくて、人間の同伴者として……。お互いになつかしい、切ないようなものたちがいっぱいいるんですよね。

島尾　クマは家族の一員でございます。クマ自身もそのように心得ているように見えます。「クマはお母さまを自分の親だと思っているのでしょうね」と、マヤが申しております。私が東京へまいりました留守の三日間、あちこちの部屋を回って探し歩いてから玄関に行ってじっと待っていましたそうで、私はそれを聞きまして涙をたくさんこぼしました。

そして私が東京から帰り、玄関を入りました時の、クマの歓喜の様子はなんと申してよいかわかりません。私の胸、肩、頭の辺りを飛び廻り、クマが気が狂ったのではと、マヤも私も不安になる程のよろこびようでございました。

*コンラッド・ローレンツ　一九〇三～八九年。オーストリアの動物学者。鳥などに見られる「刷り込み（刻印づけ）」行動を最初に確認。動物行動学を確立した。

こんな小さな小鳥でもこの小さな頭と胸にたくさんの思いを秘めているのですね。時折島尾を思いまして私が涙を流しますと、クマが涙を拭く手に止まって涙をのんでくれます。

石牟礼　鳥には限りませんけど、あのひとたち、小さな体で全身で何かを発して受け取っていますよね。向こうの方でも呼びかけを必死にしておりますよね。そしてこの、それをとらえる能力というものはコンピューターなんかとてもじゃないけどかないません。なにか非常に正確な、神通力のような受け取る能力、あるいは予知する能力があるというのは不思議ですね。

島尾　天性の予知の能力は不思議なくらいです。こちらが心のうちで考えただけで、すぐにクマが呼応の行動を起こします。

石牟礼　不思議ですねえ、そういう能力が備わっているということは。不思議というか、私たちはそういう神秘なインスピレーションの世界に、ほんとうは取り囲まれているんだけれども、それを、こちらがキャッチする能力がなくなっていくので……。この世はほんとうは、まだそういう呼びかけの声に、満ち満ちていると思うんですけれども。そういう声をすべての感官でお受け取りになれるのは、この世の意味を、いちばん深いところで聴きすましていらっしゃるのですよね。

『死の棘』の内側

『死の棘』の完成まで

石牟礼　『死の棘』*を今度読み直しまして、今度は、大変楽しく読ませていただきました。楽しいんですよね、あれは。それでまた考えこみまして、これはいったいどういう世界かしらと思いまして。途中もですけど、読後感としては、大変ユーモラスだったりして。

島尾　『死の棘』をユーモラスな作品とお読みとりいただきまして、うれしゅうございます。どなたでしたか、今は忘れてしまいましたけれども、『死の棘』をユーモラスな作品とおっしゃった、と島尾もよろこんでいたことがございました。『死の棘』の世界はお読みくださる方によって、それぞれの受け止め方があると思います。石牟礼さんのように「読んで楽しい」とおっしゃっていただくと、うれしゅうございます。

石牟礼　それで考えますに、復活がテーマだろうと思いますけど。私ども一生を生きていると申しましても、日々の営みというのを、無自覚に生きている

＊『死の棘』　島尾敏雄著。一九五九〜七七年に執筆した長編。従順な妻が夫の情事で神経を乱し、執拗な嫉妬と糾明で明け暮れる日々を描く。日本文学大賞など受賞。七七年、新潮社刊。

ところがありますけれども、島尾さんがお書きになった世界というのは……。『天路歴程』*という小説がありますよね。題の感じだけで申しますと、天の道を歩き通してそれで再生するというか……。あれは地獄という人もいるけれど、地獄ということとも違うなあと思いましてね。生身の内側からの光が作品の生理になっていて、現世を濾過《ろか》させて現世に至る男女の自由さのようなのを感じます。

島尾　『死の棘』を島尾は長い歳月をかけて書き継いでまいりました。第一章にあたる「離脱」を「群像」に発表いたしましたのは、昭和三十五年四月でございましたが、最終章の「入院まで」を「新潮」に発表いたしましたのは、昭和五十一年十月でございました。そしてさらに単行本として出版されましたのは、昭和五十二年九月でございましたから、十七年の歳月を要したことになります。

その「入院まで」を執筆いたしましたのが、今対談をしていますこの吹上町のみどり荘でございました。南日本新聞社から、石牟礼さんとの対談を霧島のホテルで、とのお話がございました折に、私は島尾にゆかりの深い吹上町で、そして旅館も島尾が『死の棘』の最終章を執筆したみどり荘を、とお願いいたしましたところ、快くお聞き入れいただいて私はとてもうれしゅうございまし

＊『天路歴程』　イギリスの宗教作家、ジョン・バニヤン（一六二八～八八）作。寓話文学の系譜に属し、ピューリタンが救いを全うして天に入るまでを描く。イギリス近代小説の祖とされる。

た。みどり荘の敷地内に一軒だけ離れて建てられた、この茶室風な部屋に座っていますと、この部屋で机に向かって、じっと思索を凝らす島尾の姿がしのばれて、無量の感慨が胸のうちを去来します。

　私は今年の春にも、吹上高校や砂丘、そしてみどり荘に、島尾の思い出を懐かしんで、家族や身内の者たちと一緒にまいりまして、写真を写して帰りました。吹上町の砂丘を島尾は好きでございましたし、山の中の大きな池のほとりに一軒だけある旅館のみどり荘のたたずまいを静かでいいと懐かしんでいまして、みどり荘をこれから自分の作品を書く場所にしたいと申していましたのに、かなわぬことになってしまいました。小説を書きます折には、島尾は静けさを大切にいたしましたから、家庭を離れて静寂な場所を、と選びましたのでございましょう。

石牟礼　私は『死の棘』をお書きになるのに、ミホさんがかなり文章の内容まで加勢されたのかしらと思ったりいたしまして……。

島尾　そのようなことはございませんでした。しかし清書は私がいたしました。島尾の作品は初期のものから、絶筆に至りますまでのほとんどの作品を、私は清書いたしました。夫の仕事にかかわりを持たせてもらえることを、私はこの上ない幸せなことと思ってまいりました。『死の棘』の清書ももちろん私がいたしました。それをお聞きになって、びっくりなさる方もいらっしゃいますが、『死の棘』も含めて、小説作品はすべて、作家としての島尾の思考に基づいて作り出された物語の世界でございますから、小説作品として読んでの感興はございますが、書かれている内容についての別段の感慨はございません。

そして作品の内容に関して私が介入したことはございません。しかし作家の思考の中で、作品が完成に至るまでの過程に身近に接していまして、「創作」という不思議な世界に感じ入ることが、しばしばございました。『死の棘』でも創作の妙を十分に堪能させてもらいました。

小栗康平監督の映画[*]「死の棘」をみまして、文芸作品が映画化されてゆく過程にも心を打たれました。作家が原稿用紙の上に、小説を紡ぎ出してゆく創作の世界と同じく、映画監督が、小説を映像の世界へうつしてゆく状況に対しましても、感動を禁じえませんでした。「死の棘」の試写をみまして、映画作品としてのすばらしさに打たれて、私は前売券をたくさん買って何回も映画館へまいりましたが、その都度新しい発見と感激を覚えました。そして不思議なことには、映画をみていましてその間、原作者が島尾であるということへは、全く思いが及びませんでした、自分が清書しました作品でございますのに。なぜかポーランドの田舎の夫婦の物語りでも見ているような思いがしていました。

＊**映画『死の棘』** 小栗康平監督。岸部一徳、松坂慶子らが出演。一九九〇年、松竹。

石牟礼　なんだか非常に、ゆとりのようなものを感じるのです。（島尾さんが）ミホさんを造形してゆかれる過程がですね。ミホさんを称《よ》ばれるのに「あなたさまといいなさい」とか「慎んでお聞きなさい」とかありますので、じつに楽しくて、これはお二人でメルヘンのように創作されたのかしらとも思いまして……。文章の過程では参加しておられないのですか。

島尾　書くことに関しましては私は全く介入いたしておりません。島尾は日常生活では常にすべてを許容して、自我を押し出すようなことは決してございませんでしたし、何事にも謙譲を旨としていましたから、日常茶飯のことで、目くじらをたてたり、声を荒らげたりすることは決してございませんでしたが、しかしここぞというときには、しっかりと物を申す性格でしたので、迎合は絶対にいたしませんでした。ことに書くことに関しましてはひとしお厳しい態度で臨んでいましたから、私が言葉をはさむことなど思いも及ばぬことでございました。

石牟礼　なるほどねえ。

島尾　清書をしていまして、点が打たれている個所で「ここは丸ではないでしょうか」と申して一度叱られたことがございました。「私が書いたものは書いたものだから、そのまま清書してください」と、ぴしゃりと言われたものですから、もうそれっきり何も申しませんでした。書くことに関しては厳しゅうございましたから、文章に関しては私は一切言葉をさしはさむようなことはございませんでした。清書をしながら、こんなこと書かなければいいのにと思うこともございますわねえ。(笑い)でも私はひと言も申しません。点でさえも、「書いたものは書いたものです」ときっぱりと申しますから、さようでございますか、と承って清書しておりました。

小説を書いていく過程をそばで観察していますと、何か胸のときめきのような楽しさがございます。しかし島尾は私に、清書にかかるまでは原稿は絶対に見てはいけないと申していました。何回も推敲をいたしますけれども「推敲の途中は見ないで欲しい」と申していました。「でき上がってから清書の段階で見て、その途中は見ないで欲しい」と申していました。私の方は反対でございまして、書きましたら「ごらんになって」とすぐに持っていきますし、「教えてください」と申しますと、「文章は教えられるものじゃありませんよ、文章は教えるというものじゃなくて、自分の思ったように書けばいいのですよ」と申しました。

石牟礼　ミホさんの才能をよくご存じだったでしょうからねえ。

島尾　そうではないのでしょうけれども。日常生活では「ミホの言うことでしたら」とおおかたのことは聞き入れてくれましたが、書くことに関しては厳しゅうございました。

島尾は原稿は夜書きますので、昨夜はどのぐらい書けたのでしょうと思いまして、原稿をそっとのぞきますとわかるらしいんですの、「ミホ、原稿を見たでしょう、見ちゃいけませんよ」って言われました。一晩じゅう座って一行も書いてないときもございましたから、私はもうちょっとたくさん書けばよろしいのに、と思うこともたびたびございました。ほとんど徹夜して一行も書けないこともしばしばでございました。

石牟礼　それは敏雄さんの方ですね。

島尾　島尾の方でございます。最近はそういうことはあまりございませんでした。そして「原稿用紙に向かうまでが創作だ」と申していました。「自分の才能はこのぐらいが限界かという絶望の果てにペンを執る」とも申していました。そして「書くことがない、書くことがない」と申していました。

石牟礼　ああ、そうなんですか。ご自分によっぽど厳しいのですね。

島尾文学の内殿

島尾　ミホはいいですね、書き出したらなんでもすぐ書けちゃう」って。（笑い）「ミホは書くことがいっぱいあっていいですね」と申していました。加計呂麻の聚落の話をしばしば島尾にいたしていましたから、「それをお書きなさい」とよくすすめられました。「だれにも書けない世界だし、加計呂麻の聚落のああいう世界はミホしか知らない世界ですから、それをお書きなさい」と。

石牟礼　『祭り裏』*ですね、すごい作品だと思いましてね。あの主人公の名前がヒロヒトといいましたよね。

島尾　島尾が「ミホ、こんなすごい名前付けていいの」って申しますまでは（笑い）気がつきませんでした。男の子でしたけど、そういう名前の子どもがいましたから。

石牟礼　名作ですねえ、あれは。ちょうど三島由紀夫賞というのがうわさになっていたころ、ありえないことですが、もし私が選者ならこの作品をぜったい選ぶって。このほかに、それに値する作品があるのだろうかって思ってました。あんなのが、ばあっと出てくる世界なんでございますか。

島尾　原稿用紙に向かいますと、すぐにイメージが次々と浮かんでまいりま

＊『祭り裏』　島尾ミホ著。奄美の四季を描く自伝的小説集。一九八七年、中央公論社刊。

す。そしてさっさと書いてしまいます。しかし書き始めるまでがなかなかでございます。あれを済ませて、これを片付けて、とあれこれ雑事にばかり心が傾いて、身の回りのことを、すっかり済ませないと、原稿用紙に向かう気持ちになれません。いつも締切りぎりぎりなんでございます。

石牟礼　私ども読者といたしましては、加計呂麻の世界ですね、読ませていただきたいですねえ。だってお書きくださらないと、失われてしまいますもの。ああいう世界はもっとたくさんいろいろおありでございましょうに。ミホさんがお書きくださらないともうなくなってしまいます。

島尾　私がこれまで書いてまいりました、加計呂麻のあのような世界は、もうなくなってしまいました。昔のあの懐かしい聚落の様相は、戦後になってすっかりどこかへ姿を消してしまい、今は尋ねるすべもございません。戦争の前までは聚落じゅうがこぞって楽しみ、行なってまいりました、大切な年中行事でさえもかなりなくなりました。第二次大戦が終わりましてからは、なぜこうも急激に世の中が変容してゆくのでしょう、と首をかしげたくなるくらいにすべての事柄が変わってしまいましたが、その周囲の変貌に添うかのように、人の心の持ちようさえも変わってしまいまして、現在はよろずにつけて、田舎も都会もさはどの違いはないように見えます。

石牟礼　ほんとうにそうでございますね。

島尾　戦前は都会にはきらめき洗練された文化が、そして田舎は懐かしく暖かな人情と情趣に満たされていまして、それぞれに特色がありましたけれども、今は日本全国が街の中はもとより野辺も海辺もコンクリートに覆われて、画一化されていくように思えます。大正、昭和、平成と長く生きてまいりました私は、ただただ昔が懐かしくて、失われゆく故郷の在りし日の姿へ思いを寄せながら、これまで書いてまいりました。しかしその姿はもう思い出の中にしか求めることはできません。

石牟礼　あの『祭り裏』のなかの、ハンセン氏病の人が、とらえてきた若者を、まあ、殺すまではいたしませんですけど、病気の汁をなすりつけちゃうという場面、すごいですね。

島尾　単行本にします折にあそこを削除してもらえないか、と申し出がありました。病状の描写のところが、差し障りがありますとかで。

石牟礼　ああいうところが、かえってとてもいいところですのにねえ。

島尾　病気の症状を具体的に書いてございましたので。

石牟礼　あそこの場面で、とらえられて殺されかかっている人に、くしゃみが出てくるんでございましたかしら。

島尾　しゃっくりです。
石牟礼　ああ、しゃっくりでした。あそこの部分を読みながら、ほんとうにミホさんは、端倪《たんげい》すべがらざる天才だなあって、つくづく思いました。
島尾　あの小説はすべて私の作りごとなんですの。
石牟礼　ええ、だと思いましてねえ。もう瞬間的に出てくるんだと思いまして、あっ、すごいすごいと思いながら読ませていただきました。
島尾　『祭り裏』や『老人と兆』などあの作品集に収められています作品は全部創作でございます。
石牟礼　だと思いますねえ。
島尾　ちょっとヒントになる老人が一人いましたけれども、周りの人物はすべて作り出した人物なんです。
石牟礼　すごいですねえ。今後もたくさん書いていただきたいです。ああいう世界は計算して、苦吟して出てくるものじゃなくて、瞬間的にパッパッと出てくる、瞬間的なフルスピードで、回って出てくるんですよね、きっと。
島尾　ですからどんどん書けちゃうんでしょうね。性格が単純だからじゃございませんかしら。私は島尾のように時間をかけてじっくり考えたりいたしませんので。

石牟礼　いやあ天才でございますよ。すごい作家が出てきたなあと思いました。島尾敏雄の文学というものはいろいろに論ぜられているのでしょうけれど、その作品世界の奥の、内殿に位置するというか、ミホさんの存在も、ミホさんがお書きになるものは、島尾文学のも一つ奥殿の方にですね、すごいものがセットされているわけでして……。やっぱりお二人をセットにしてしか考えられません。そんな作品世界でございますねえ。

島尾　南島が島尾に影響を与えていることは否めないと思います。島尾は「琉球弧」とか「ヤポネシア」*とか、いろいろ書いておりますから。琉球大学の岡本恵徳教授が「新沖縄文学」に十一回にわたって「島尾敏雄論」を連載なさいまして、単行本としても刊行されましたが、その中で、島尾が南方にこだわり続けるのは、結局は島尾ミホが南方の育ちだからだということを、「島尾敏雄論」をずっと書いてきてわかった、と書いていらっしゃいます。

島尾はとても南島が好きでした。でも南島を舞台にした小説は書いておりません。沖縄は安里川を舞台にして、ひとつだけ書いております。加計呂麻の様子を私から聞いて、書きたいと思うけれども、小説作品として結実させるのはむずかしいと申しておりました。

***ヤポネシア**　「日本」(ヤポ)と「島々」(ネシア)を組み合わせた島尾敏雄の造語。氏によれば、ポリネシア、メラネシア、ミクロネシアと同様に、日本を太平洋の島嶼群の中に置いてみれば、「大陸にしがみつこうとしている姿ではなく、太平洋の中でゆったりと手足をのばしている、もう一つの日本の姿」が見えてくるという。「ヤマト」に収斂していく日本を相対化する視線。その中では、琉球弧は大きな位置を占める。

血肉化したふるさと

島尾　石牟礼さんもそうでしょうけれども、私も、心にも体にも故郷のもろもろをいっぱいに受けて育っておりますので、それがもう血肉となって、自然に語り部的になるのかもしれません。山を仰ぎましても神秘さを感じますし、空を見上げて雲の流れに目を向けましても、やはり人間の力の及ばない神の存在に頭《こうべ》を垂れる思いがいたします。それは幼いころからの自然との触れ合いと、両親やまわりの大人たちの導きの中で培われたのだと思います。それに私は性格的にも幼児のままで大人になってしまっているようなところもございますし。

石牟礼　お小さいとき、占い師さんに、まれな生涯を送るだろうって言われたとか。子どものまんまとおっしゃいましたけれども、ある意味で恐るべき子どもというか、なにか、ある世界を予言的に生きるというか、ほのかに明るい洋上の島があって、そこには人間の実質が濃密につまった世界がある。うつろなところがありません。むしろ集約されてますよね。そういう意味での子どものままということなら……。

歴史というのは時代の営みの、深部の意味を持たせた人間を生み育てますよね。そのように生まれた人のお役目ってあるんだなあと思って……。

島尾　私が七歳ぐらいのころでしたと思いますが、旅の占い師から「このお子さんは十五歳になったとき、天へ昇って行くでしょう、もし地上に残るようなことがあったら、たいへん珍しい生涯を送ることになるでしょう」。「天へ昇る」それは「黄泉《よみ》の国へ行く」のを意味してのことと思いますが、そんな予言を受けたことがございました。その予言は両親の胸の奥深くに刻まれたに違いありません。子どもながらも私の心にも強く残りました。

もっともこの予言を受けます前から、両親は幼い私に「親孝行もなにもしなくてよろしいから、とにかく親よりも先に死なないでほしい、生きて在ることだけで充分に親孝行です」といつも申しまして、叱るということなどほとんどなくて、自由にのびやかに育てられました。私の子どもたちが小学校のころにそのことを申しましたら、伸三*が「親がそんな育て方をなさるから、子どものままの大人ができあがったのでしょうね」と申しました。（笑い）それに島尾までが「お母さまを理解してあげてくださいね」と小学生の伸三とマヤに頼んだりしまして、家族で大笑いをしたこともございました。

***島尾伸三**　一九四八年生。島尾夫妻の長男、写真家。妻の潮田登久子と中国語圏の庶民の生活を撮り続ける。著書に『月の家族』など。長女は漫画家の島尾真帆。東京都在住。

作品を通して夫と対話

石牟礼　そういえば、『死の棘』に出てこられる伸三さんとマヤちゃん。ご夫婦の間が煮つまった雰囲気になってくると、伸三さんに「カテイノジジョウをしないでくださいね」と言わせておられますけど……。

島尾　ええ。

石牟礼　どこかおかしみがあるんですけれど、でもやっぱりあれ、聖家族として書かれておりますね。

島尾　そうおっしゃっていただくと、うれしゅうございます。

石牟礼　一種の天上性、天上性というのは、ミホさんに対して言われていますけれども、でも全体はある種の天上的な世界ですね。もちろん柱にミホさんがおられるからですけれど。不思議な、物語りを見ているようで……。

島尾　息苦しい小説とおっしゃる方もいらっしゃいますけれども。

石牟礼　私には全然そうは思えないんでございますけれど。非常に濃密ではございますけれど、突きぬけられておりますから浄らかで。

島尾　私は『死の棘』を机の上に置いておきまして、始終読んでおります。そして時折はついつい引き込まれてしまいまして、夜が白々と明け始めるころまでも夢中で読んでしまうこともございます。

石牟礼　私もなんだかところどころを覚えてまいりまして、ここで楽しもうというか、笑おうというか、そんな気持ちで読ませていただいて、さわりの珠玉のところがあるんですけど、そこにくれば、あっ、やっぱりこういう言葉が出てきたかとか……。覚えましてね。

島尾　島尾は、このようなことを思考していたのですね、と思いながら読んでいますと、涙がたくさんこぼれます。亡くなりましてから夫の書きました文章に触れますと、悲しみがこみあげてまいりまして、声をあげて泣き伏すこともたびたびでございます。夫の生前に読みましたときよりも深々とした思いで、作品の奥深く入れるような気がいたしてまいりますし、夫と対話している思いがいたします。

夫がそば近くに在りましたときには、机に向かいましても、何かしら落ち着かぬ思いで気ぜわしくて、本もあまり読みませんでした。いつでも全身全霊で島尾の方へ向いておりましたから、夫への思いだけで精いっぱいで、本を読む心の余裕もまた読みたい気持ちも起きてまいりませんでした。島尾もまた私のちょっとしたことにも、常に細心の心配りをいたしておりました。お互いに相手に対して、真正面から向き合っていまして「即時待機」で対しておりました。
それでも島尾は彼なりに、対外的なことや、仕事をいたしておりましたけれども、私はただひたすら夫のことだけを思って、家庭内での主婦としてのつとめだけを果たして生きてまいりましたから、ほかのことへは広く思いが及びませんでした。島尾が他界へ去りましてからは、出版社関係の連絡やあれこれ、夫がいたしておりましたことを、すべて私が果たさねばならなくなりまして、日常生活の中ではとても忙しくなりました。でも島尾が書き残した作品を読みたい思いがこみ上げまして、夜になるとページを開きます。そのときは夫と向き合っておりますような、しみじみとして感懐が胸中を去来いたしまして、涙をふるふるとこぼしながら読んでおります。まこと、夫婦のえにしとは深いものでございますのね。『死の棘』をいちばん多く繰り返して読んでおります。どこからでも開いて読みます。

石牟礼　私もそうなんでございますよ。どこからでも読むんです。

島尾　それと『日の移ろい』*が日記体でございますから、読みやすくてどこからでも読んでおります。島尾の作品をひもといておりますと、文章の襞《ひだ》の中に包まれた思考がしみじみと身内に染み広がるようで懐かしく、またそれを書

＊『日の移ろい』　島尾敏雄著。日記形式で日常を凝視した作品。谷崎潤一郎賞受賞。一九七六年、中央公論社刊。

いておりましたときの、机に向かっていました後ろ姿などがしのばれてなりません。初期の作品から、最後の絶筆に至るまでの作品を、ほとんど私は夫のそばで清書してまいりましたから、作品が執筆された時々の状況がまなかひに立つ思いで、胸がふるえてまいります。

こんなになにもかもお話しいたしますと、夫が困っているかもしれません。「ミホ、そんなにいろいろな内輪話をしないでください」と、私の横で島尾が申している声が聞こえてまいりました。

神話的世界の葛藤

――『死の棘』への固定化したイメージがあるようですが、何回も読むうちにものすごく一生懸命な、ちょっとトンチンカンな、ユーモラスなところがあって、僕なども読んでいて救われるところがあるんです。楽しくはないけど、なんとなくほっとするような……。

石牟礼　とても愛すべきお方ですねえ、お二人とも。どう言えばいいのかうまく言えませんけれど、読ませていただいていると、小説の結構といいますか、できていく過程の心理というのをこちらもたどることができる気がいたします。そうしますと、なんというのか、かわいらしいというのか、心理の行き違ってしまうようなところも作品の結構の中で作者がたのしんでおられて、ある一組(の男女)を純粋化してゆけばこうもなるのかと、人間のいとなみというのは、ほんとに愛らしいなあと思います。

島尾　私が清書をいたしましたと申しますと、みなさんびっくりなさいます。みなさん、私にお会いになると、あら『死の棘』と全然イメージが違いますねとおっしゃるので、困ってしまいます。初めてお会いする方がみんなそうおっしゃいます。小説は作家が創作した、物語の世界でございますのに……。

山本健吉先生*も『死の棘』の解説で、『死の棘』に登場する妻を、ギリシア悲劇「王女メディア」に登場するメディアと、日本の古代の神話的世界における、理想的男女の愛の葛藤の中の、大国主命の妻須勢理毘売《すせりひめ》や大雀命《おおさざきのみこと》(仁徳天皇)の后磐之媛《いわのひめ》たちが「足もあがかに嫉《ねた》みたまふ」姿と重ねて思う、とお書きになっていらっしゃいます。

私が入院していました折に精神分析にくわしいお医者さまから、半年間にわたって、精神分析を受けたことがございましたが、その結果発病する前の私の

＊山本健吉　一九〇七〜八八年。文芸評論家。古典の造詣が深い。『古典と現代文学』『柿本人麻呂』など。

中には、人間形成の上で培われてゆく嫉《そね》みの感情が育っていない、ということを指摘されました。なぜ嫉み心が育たないままで、ずっと生きてこれたかと申しますと、精神分析医のお話によりますと、加計呂麻島のような離島で、両親から大切に育てられ、幼いころから一回も叱られることがなかった、というような特別な育ち方をして、子ども同士の中でもいじめられることもないような南島の特種な生活環境の中で、私の性格は純粋概念的に形成され、本多秋五*先生がいみじくも指摘なさいましたような、小児的な純粋さのままの性格で、ずっとこれまで生きてこれたようでございます。そして嫉み心というものを覚えたとたんに精神が異常になったのでございましょう。

山本健吉先生にお話し申し上げたかったのでございますけれども、申し上げることのないままに御帰天なさいまして残念でございます。島尾は執筆の時は、東京神田の山の上ホテルにこもりましたので、同じホテルでご執筆中の山本先生と、時々ロビーやレストランで、私もご一緒させていただき、お話をうかがうこともございました。山本先生には親しくしていただきましたので、お話し申し上げようか考えたこともございましたけれども、臆面もなく自分のことを申し上げるのも憚られました。

どうも不調法なことばかり申しまして。「対談」と改まりますと、緊張して

＊**本多秋五**　一九〇八〜二〇〇一年。文芸評論家。「近代文学」創刊に参加。『転向文学論』『古い記憶の午後』など。

ついつい懸命になってしまいます。
石牟礼　敏雄さんの創作か存じませんけど、ミホさんがご自分のお言葉を「慎んでお聞きなさい」って言われたように書いていらっしゃる。あそこで、もうほんとうに笑いがこみあげてまいりまして、それがとてもリアルでして。あのう、なんていうんですか、さっき申したような子ども、子どもが出てくるんですね。威厳に満ちて、神の威令のような言葉で言ってるんだけれども、それが現代社会とはあんまり合いませんから、あの、そこがおかしいんですけれども、やはりそのなかに予言能力を持った、予言者としての女の子が成長した姿をあらわしているように思われるんですね。
だもので、精神病院に行かなきゃいけなくなっちゃったり、今の男女のあり方とだんだん合わなくなっていって、そこでの狂乱というか、じつに島尾さんはよく表現なさったなと思います。あそこで、やっぱりミホさんのお姿いいなあ、ここはと思っていまして……。そして非常にかわいらしい。かわいらしく書けてますねえ。
島尾　随分勝手でございますけれども、話題を変えて南島のお話とか、民俗学のお話に戻りましょうか。（笑）
石牟礼　でも、その精神分析のお医者さまがおっしゃったということは、うなずけます。あまりに満ち足りて、世界が完結しててゆるがないミホさんの中で、次元のちがう嫉妬が、高いか低いかはわかりませんが、そういう次元のことは入らなくてもいいという、強固な、かぎりなく豊かな、その世界は欠けたものがない、まあすこしぐらいはあるにしても、全体としては欠けたものがない、という感じでいらっしゃる。

島尾　幼いころから無意識下に、そのように自分で思い込んで成長したのかもしれません。よそからご覧になればどうかわかりませんけれども、自然も人情も暖かさに満ちている南島で育ちましたから、よその世界はなんにも存じませんで、狭い小さな世界の中での生活は、すべてに満ち足りていたのでしょう。

石牟礼　そこは小さい世界ではなくて、非常に凝縮した、普遍的な、あるべき世界に満ち満ちていたと思うんですね。

島尾　よくおっしゃっていただけば、そうかもしれません。

石牟礼　そこから照射してみれば、いま風の男女関係とか、ある種の文学者の姿勢とか、ちょっとそれは違うんじゃないのっていう、身震いのようなのが伝わってくるんですよね、ミホさんの。それがとてもよく出てるなあと思います。男女の関係だけでなく、ミホさんを通して見える普遍的な世界というのは欠けてはいけないんだって……。かなりやはり南島的なものというのを、ああいう形で島尾さんはお書きになったんじゃないかって思います。

島尾　そういうところもございましょうね。

石牟礼　そこへ近づきたい、拝跪《はいき》して近づきたいという衝迫を感じます。どんなに時代が変わろうがずれようが、人間が営んできた精神の達成度みたいなものは、完成させてきた領域というのは、たいしたものだと思うんです。まあ、そこから先は崩壊するんでしょうけど、崩壊したって、それはもう人間も衰滅するでしょうから、それが世界の宿業ならば、どうぞ崩壊してくださいっていうより仕方ありません。

文学というのはそこにかかわってるんじゃないかなあと思います。どれくらいそこで一途に生きていたか。揺るぎない、揺らいでもらっては困る、あっちに目が行き、こっちに目が行きしなくてもいいという気がしますねえ。

神が作った国

島尾　しかし過ぎた日々の世界はどうしてあんなに美しかったのでございま

しょう。人間の生きざまでも、人々の心でも、空や海をみても、山や鳥を見ても。非常にきれいにしみじみと心に映りました。

石牟礼　沖縄の恩納《おんな》村にペリー*たちが入ってきて、いま射撃場になっている恩納嶽のあたりを歩いて、神、神仙かと思う美しい姿のご老人を見たと書き残しておりますが、お父さまがそんなお方だったと、敏雄さんにお伺いいたしましたけど、神仙のような、美しいお方だったと。そっくり同じようなことをペリーが書き残してますねえ。沖縄の島々をみて、神が作った国ではないかって。景色が美しい、人間も美しいって。

ましてや加計呂麻はどんなところだったかと思います。そこにいるものたちの呼吸によって、草も木も枯れたり芽吹いたりして、本来のいちばん美しい姿をとっていたんじゃないでしょうか。今はどちらを向いても壊れてゆく姿ばかりですから。

島尾　まぶたを閉じますと昔のふるさとのイメージが鮮やかによみがえってまいります。澄んださわやかなせせらぎの響きが聞こえるような豊かな気持ちになってまいります。昔の田園の情景や人々のありさまが清らかに伝わってまいります。

私は故郷の昔の姿を心に刻んで都会へ出ましたので、徐々に変わっていく姿

＊ペリー　アメリカの海軍将官。一八五三年、浦賀に入港して幕府に開国を要求、翌年再来し、日米和親条約を結んだ。また五三年、艦隊は那覇にも入港し、琉球王国に修好条約を迫って締結した。

を見ていないものですから、久しぶりに接してあまりの変化に驚いてしまいました。島にいながら徐々に変わっていく姿を自分なりに納得しながら見てまいりますと、ショックは少ないと思うのですけれども、心の中の昔のイメージのままのところに、みんなコンクリートだらけになって、海岸も海辺もなくなったのを見たものですから、ものすごいショックを受けました。

石牟礼　私は水俣を大きくは動かないでおりますけど、納得できないですね。少しずつ変わっていくから全然納得できない。（笑い）もうこれはいかん、なんということかとほんとうに錯乱いたしますねえ。

島尾　水俣の方々は特別な状況に遭遇なさいましたから……。

石牟礼　景色もですね、大変な変貌をしましたから。で、離れていると、その間に何が進行するかわからないっていう不安があります。おりましても進行するんですけど。そういうふうに中途半端で離れきることができませんでいるんですけれど。まあ、逃げ出したいという気持ちと、非常にせめぎ合っておりますが、じわじわ、陰湿な深手をずっと自分か負っていくようで……。おっしゃるように昔の美しい町と人の心も姿も、たたずまいも終わりまして、とても美しかったんですけれども。

島尾　そして戦争が終わるまでは、古い時代の生活がそのままの姿でございましたから、島尾が奄美へ初めてまいりましたときには「古事記の世界にきたと思った」というぐらいに昔がそのままに残っていたのでございます。それが、戦争が終わった途端にすっかり変わってしまいました。いいものは残しておきたいと思いますけれども、それを伝承していく人もだんだんいなくなりまして、みんな過疎になってゆきます。

石牟礼　ほんとうに。伝承していけたらと思いましても、なにか、少しなりとも手がかりがあれば、もちょっと奥の方へ、奥の方はどうだったかと連想する手がかりがあるんですが、ほんとうに手がかりさえも今は総崩れですから。

島尾　若い人たちがみんな都会に出ていってしまいますから、親から子へとそれを伝えるということもなくなってしまいます。もうみんな親たちが墓へ持ってまいりましたら終わりかもしれませんね。

石牟礼　ほんとうに残念ですねえ。

島尾　それぞれに伝え受け継いでまいりました、地方色豊かな方言さえも、と考えますと寂しゅうございます。

石牟礼　言葉が変わってゆくということは大変なことですねえ。

海の声

神が上がってくる渚

――海の変遷、あるいは渚の持つ役割について話していただけませんか。

島尾　渚は、神が海のかなたのニライカナイ*から上がっておいでになるという思いがございます。先祖の霊が海のかなたから上がっていらして、渚を越える聚落の神の道を通って、門のところで足を火で温めて、家の中におはいりになる祭りがございます。門で迎え火を焚くのが不思議に思えて、幼いころ母に尋ねましたところ、それは潮水でぬれた足元を乾かすためと、海の底を歩いていらして冷えた足先を温めるためですと、教えてもらいました。

――それはなんというお祭りですか。

島尾　シバサシ祭と称《とな》えます。先祖の霊をコウソガナシとお呼びします。それから、いろいろな祭りのときの神道具は渚で洗います。渚はそういう神聖なところですのに、一方では山羊でも牛や豚でも、渚で屠殺します。その関連はわかりませんけれども、そこで清めるという意味でもあるのでしょうか、塩水

＊ニライカナイ　海の彼方にあるという楽土。幸福と豊饒の源泉であり、同時に死者の帰るくにでもある。琉球文化圏を代表する他界観。奄美では「ネリヤカナヤ」あるいは単に「ネリヤ」と呼ばれる。

を使うとか、浜辺の広い場所という条件も加わってのことなのでしょうか。お墓も大方は海岸のそばが多いようでございます。

——石牟礼さんは、荒れた海を見たのはきのうが初めてとおっしゃってましたね。

石牟礼　あんな海は初めてでした。私どもの不知火海はもうほんとうに池のような海ですので、心底びっくりいたしました。原初のデーモンというか、海の声を聞いたなあというような感じです。私、『みなまた海の声』という絵本で詩を書いてるんですけど、こんな海があったのかと感動いたしました。水俣あたりの海の声というのはまあ、かわいらしいもんだと……。なんかこう、原始の力に揺さぶられるような、始原の声に呼び戻されてゆくような、デモーニックな力を強く感じました。ミホさんにお目にかかれましたのも、そういう力に呼び返されてのことではないか、ああよかったなあと、不思議な感じでおりました。

島尾　きのうの海は荒れていましたから。

石牟礼　あらためてまた、海というものを考えこんでしまいました。

島尾　私は物心つくころから海につかって育ちました。

石牟礼　ああいう波の大きい海なんでございましょうか。

島尾　いいえ、内海でございますから平生は凪《な》いでいまして、たぶん不知火海と同じくらいだと思います。でも峠を越えた裏側はきのうのような大海が望めます。

石牟礼　ずっと前に与那国に行ってみましたが、海はまたちょっと違う感じでした。もっと、とてつもない大きい波でございまして、山々が押し寄せてくる感じでございました。

島尾　まさに大洋でございますのね。

石牟礼　屋久島の海も見にいきましたが、水俣のさざ波とは、けた外れに違いました。きのうの海は怒濤という感じですね。

島尾　きのうのような波の情景を、私が「白馬の群れが寄せ来るようだ」と書きましたところ、島尾に「小川国夫さんがそういう表現をしていますよ」と指摘されて、消してしまいました。小川さんのその作品を、私は拝見していませんでしたので、自分で考えた表現と得意になって島尾に見せましたら、すでに小川さんがお書きになっていると言われて、もうがっかりいたしました。

渚は、生活の営みの場とも申せましょうか。そこでは野菜やお芋を洗ったりもいたしますし、子どもの遊びの場でもあります。それから夜は若い人たちの語らいや集いの場、昔は歌垣、今はギターでしょうけれども、そのような月の浜辺での楽しいひとときもまたございましょう。それに昼は潮干狩り、夜になりますと松明《たいまつ》をともして漁もいたします。それと同時に、深みにはまると死んでしまうという恐ろしいところでもあります。私のように周りを海に囲まれた島で育った者にとりましては、海とのかかわりがひとしお深いと申せましょう。水俣はいかがでございますか。

石牟礼　ええ、あの、渚というのをいつも考えるんですが、陸との境界線ではあるんですけど、線を引いて、ここからが海、ここからが陸って、あまりちゃんと決められませんですよね。潮が満ちてきますと海岸線が、今は海岸道路を造ってコンクリートで区切ってしまいましたけれど、三十年ぐらい前までは、海づたいに行こうと思えば、潮がずうっと満ちてきたところを、ちょっとぐらい入ったりして歩きまして。

　隣の村へ行こうと思えば、山の方の道でなくて磯の方の道が魅力的といいますか、山にもいろいろ生えていて気を取られますけど、渚の道を行くといろんな物が寄ってきて……。潮の高さによって目に見えるものが、そこにいるものたちが違うんですよね。それで、貝なんかも葦《あし》の葉っぱに上がってきたり、ハゼ科の魚なんかは葦がゆらゆらしているのに乗ってたりして、とても可愛らしい風物詩でして……。蛸がヤマモモの木に登っているっていう話もしょっちゅうでございます。

島尾　奄美はヒルギ*がございますから、ハゼみたいな小さな魚が登っています。それから小さい蛸も。

石牟礼　ええ、ちっちゃい蛸です。そういう情景の間を磯づたいに行きますときに、自分は海の性《しょう》のものだか、山の性のものだか、どっちの方に属しているのだろうなという感じがございますのね。渚というのはそういうところで、そのなかに、おっしゃるように死もあって。しかし、しょっちゅう生命が生まれているところですから、脱け殻がいっぱいありましたり、それはうつつの情景でして、カニの脱け殻とかが寄っておりますよね。

潮が引いたところを通りますと、渚にでてくるものたちが違う姿で現れますね、もういろいろの種類が。非常に豊かでございますし、生命たちがいろんな姿をとって、営みを全開している姿で、賑わっておりましたよね。そのかそかな気配の満ちているところを行くと、なんといいようもなく、心が弾んでおりましたけれど、それがなくなりました今、そういう渚の声というか、賑わっている気配を、今から先の子どもたちは聞くことができないですよね。

島尾　海岸がコンクリートで覆われて渚が失われてしまいましたから。

石牟礼　ここでもう陸はおしまい、ここからは陸で、ここからは海ですって、

＊ヒルギ　常緑の小灌木で、熱帯マングローブ林の主要構成種。幼根は成長すると母体を離れ、泥土に落下して根を下ろす。奄美では住用川と役勝川の合流する河口（住用村）に五〇ヘクタール以上のマングローブ林が広がっている。

あと思いますね。

無神経にぶった切って。そんなふうにしてはいけないことを、してしまったな

島尾　渚に立つという、人間にとりまして意義深い行為が失われてしまいますと、石牟礼さんのお言葉のような、豊かさに満ちた海の姿や声を聞くことがかなわなくなりますので、寂しゅうございます。海に向き合いますとき、人は多くのことを思い、そして慰めを受けるのではないでしょうか。

それから私の故郷では、赤ちゃんが生まれたときの喜びのあいさつを「ハマグマへ行ってきたそうですね。おめでとうございます」と申します。それは神様が夜、ハマグマの浜辺に赤ちゃんをそっと置いてお帰りになったのを知らされた女の人が、ハマグマへ行っていただいてくるのだと、昔から言い伝えていますので。

——それは産土《うぶすな》あるいは産屋《うぶや》というものと関係あるんでしょうか。

島尾　そうかもしれません。白い砂浜がございまして、アダン*の木とユナギが渚いっぱい生えていて、とてもきれいなところでございます。いかにも産土または産屋、古事記に出てくるような情景をしのばせるところでございます。

それから、子どものころに渚で非常に怖い思いをしましたのは、下駄とか履物が浮いているのを見かけるときでした。これはたぶん船が沈んで、乗ってい

＊ハマグマ　島尾ミホさんによると、「私の故郷の集落のはずれにある浜」で、ここは「神さまが赤ちゃんをお連れになる神聖な場所だから踏んだら大変と、声も立てずに渚を通ります」という。子供は海からやってくる、という考えがその背景にある。＝吉増剛造氏との対談から（雑誌「FRONT」二〇〇〇年四月号）

た人の下駄が流れてきたのでしょうと思って震えました。下駄とか帽子など人の持ち物が渚に寄ってくるのを見かけますと、怖いような悲しいような思いがします。ハマグマでもよく下駄を見かけました。ここは赤ちゃんの生まれるところでもあるし、死んでしまった人が寄ってくるところでもあるのかしらと、子ども心に思っておりました。今でも海岸で履物をみますと胸が震えます。

＊アダンとユナギ　アダンは熱帯の海岸に自生する常緑低木。多数の気根が発達し、果実は楕円形で黄赤色に熟し、かつては救荒食物にもなった。ユナギはアオイ科の常緑小高木。亜熱帯から熱帯に分布。樹皮から繊維をとり、綱、帆をつくる。

ヒルギ林の満潮の夜

石牟礼　照葉樹林の文化ってよく言いますけど、もちょっと渚へ目をやりますと、ヒルギの木もそうですけれど、海の潮を吸って生きてる植生というのがありますよね。それをめぐって東南アジアの方、まあ日本列島もそうですけど、この海岸線というものを、もうちょっとよく考えてみた方がいいんじゃないかと思います。それをなくしてしまうのは、いったいどういうことなのか、もっと目を近づけて。南島の方はヒルギとか……。

島尾　満ち潮のときには海になってしまうところでヒルギの林がございます。

石牟礼　ほんとに、私とてもびっくりしたんですよね。石垣島の先の与那国に行こうと思って、石垣島に降りましたら、まるで苗床を見るように、大きなヒルギの木もあるんですけれど、もっと前面の海に、ちっちゃなちっちゃなヒルギの苗がずうっと海岸に育っているんです。

ああ、こんなふうにして植え付いて行くのかと。それが大きくなるとがっしりと根元を組み合って、エビやなんかを住まわせている様子だし、組み交わして護岸の役目もしているみたいだし、船もつないであるし、子どもたちはその間を遊び回っておりますし。いったいこの辺でなにが獲れるのかな、どういう役目を、この南島の潮を吸っている木々は持っているのかしらと考えました。私たちの方にもいっぱいそんな植物がありますけれど、それが海岸の形象をつくっているし、いろんな神話の場所につながって、あるいは地域の民話をたくさん生んでいるんだろうし、今も神々がやどっているだろうし……。

照葉樹林というのは今は素人でも言っておりますから、今この時期にもうちょっと学者さんが気づいてくださって、一斉にそれがなくなってきたこの時期に、一国文化の、民族の文化論というか、民俗史のようなもののなかでとらえて、ちゃんと見ておいてくださらないとなくなってしまうと思って、私気が気ではありません。海辺のあの賑わいですね、それが山の方へとゆききしている、あの気配たちの賑わいに取り包まれて、日本人の感性というのは、歌うことができるかなり高級な感性が育ったんでございましょうに。

ヒルギの渚など眺めておりますと、私どもの地方よりもっと原型的というか力づよい感じがするんですけれども、なんとかそれを、どなたか文明の話として、克明に伝統文化の成り立ちの根元のところを、今のうちに解きあかしてくださらないかしら。このようにかけがえのないものでしたから、言ってくださらないと、もうなくなっちゃうと心配でございまして。ミホさんにお目にかかれたら、ヒルギのこと、お教えいただきたいと思っておりました。

島尾　ヒルギは*実生《みしょう》で育つようでございます。熱帯植物でマングローブとも申しまして、川の水と海の水が交流する場所に群生して、雄木は赤、雌木は白い花をつけます。ヒルギのまわりには、いろいろなカニや魚が住んでいるのでしょう、小さな細長い巻き貝や、目玉が大きく体の小さな魚が、ヒルギの白い花の間で、蒼《あお》い空を見上げて、じっと動かずにいるのを見たことがたびたびありました。

加計呂麻島呑之浦《ぬんみゆら》の入江内のチタンの浜辺で、幼い私はササクサと呼ばれる小さな巻き貝と、イボという名の小さなお魚が、白い花や赤い花の咲くヒルギの枝で、空を見上げているかわいらしい様子を、満潮のとき枝に登りそのまま

＊実生　草木が種から芽を出して成長すること。

止まっているのかしら、それとも自力で木へ登ったのかしらなどと不思議な思いで一心に見つめたことがありました。

奄美大島にはヒルギの群生地がありますが、満潮の時にはヒルギの下枝のあたりまで、海水が満ち寄せますので、ヒルギの林が海中に浮いて、おとぎの国の森のような感じがいたします。そして南島の蒼白い月光にぬれ光る夜更けの満潮時のヒルギの林の光景には、海の精気と波の上にたゆとうにぎわいが満ち満ちていまして、魂も身も包み囲む不思議な幽幻の境に誘《いざな》われる心地がいたします。その神秘な様子と対峙した時、古《いにしえ》の人々には、おのずと感性はたかめられ、神話や民話のほとばしりの源泉となりましたのでしょう。そして信仰や民謡の知恵が生まれ、はぐくまれたのでございましょう。

私が子どものころには、ヒルギの雄木の幹を細かく削り、煎じた液と、田んぼの泥に、交互に何十回も漬け揉むという方法で、糸を黒色に染めていました。現在の大島紬の糸染めとも似ているようでございます。大島紬の方はテーチギ*（シャリンバイ）の木を染料に使います。

海にかかわりを持つ行事はいろいろございますが、旧暦三月三日のお節句がことに楽しゅうございました。「ハマウリ」と称する行事がありまして、この日に三角形に切った蓬餅《よもぎもち》を食べない人は馬になり、浜へ下りない人は梟《ふくろう》になっ

＊テーチギ　シャリンバイの地方名。暖地の海岸に生える常緑低木。果実は球形で、秋に黒く熟す。庭木や街路樹として栽培され、奄美では大島紬を染めるのにこの木の樹皮を用いる。

てしまう、と言い伝えられていますので、家族そろって御馳走や蓬餅をいただき、聚落をあげて浜へ下りて一日を楽しみました。

石牟礼　なんと夢幻的なヒルギ林の海の夜景でしょうか。こんなお話が伺えはすまいかと、ひそかに願っておりました。

私どもの方では、三月三日に浜に出ませんと、蛆《うじ》になるって、申しておりました。節句の浜に行かないと蛆虫になると。陰暦の節句の大潮のことですけれど、三月三日を待ちかねて、みんなでその日をたのしみにいそいそと仕事を片づけまして、連れ立ってゆくんです。

島尾　その日はかなり前から準備をいたしました材料で、お節句の料理と、紅、白、緑（蓬）の三種類の三角餅、軽羹《かるかん》、米羹《こめかん》、膨羹《ふくれかん》、それに餅米と蓬と黒砂糖を捏《こ》ねて、*山帰来《さんきらい》の葉で包んで蒸した蓬団子、メリケン粉に豚の脂と卵を入れて焼いた焼菓子、さらに紅色も鮮やかな型抜き菓子などをこしらえますのに、庭に石竈までしつらえて、母や女の人たちがにぎやかに立ち働き、とても楽しそうでした。

そしてお餅やお菓子を重箱に詰めて、互いに親しい家々へ配るのでございます。子どものころのあの楽しかった年中行事や祭の日が懐かしくしのばれてなりません。

＊山帰来　サルトリイバラに似たゆり科の落葉つる性低木。葉は長楕円形。

石牟礼　ほんとうに風の香りさえ伝わって来そうな情景でございます。貝塚などが出てくると話題になりますけれども、あの貝塚を作った縄文人はどんな感性を持っていたか、浜に下りてみればよくわかりますよね。浜遊びの歓びのようなのは、日本人の感情の、たとえば万葉が生まれてくる原点でございますよね。あの遊びはお祭り（祀り）に結びついてて、ほとんど無意識のうちに深く刷り込まれていた民族感情ではなかったでしょうか。加計呂麻のお話をうかがうと、神と人との歓びの日という気がいたします。それが絶えるというのは、日本人が変質してしまうことですよね、この先どうなるんでしょうか。

変質と喪失

島尾　長く続いた伝統の行事や、豊かな感性を育んだ揚所は、これから先はどうなりますのでしょう。いろいろ土木工事などがございますから。
石牟礼　調べてみますと本当にそうなんです。それと営林署の方針で……。
島尾　今の世に在ります私たちは、ここで立ち止まって、古き時代をしのび、将来への思いをいたす時のように思えてなりません。ことに自然環境に関しては、深い配慮がなされてもいいのではないでしょうか。

石牟礼　もうほんとうに、内陸部はですね、山に登ってみますと、川の源流から、小さな谿《たにがわ》も逃さず見つけ出して、全部コンクリートのU字溝にしてしまっておりますんですよ。川沿いの村々もそれをのぞみまして、草を取らなくてもいいからって。営林当局の伐り出しと合わせて、もう川の源流まで三面コンクリートにしております。川というのは岩があったり、滝があったり、大木の根がさし出ていたり、千草・百草がその縁をやわらかく包みこんで、自然の流れを作り出しておりますのに、一斉にみんなで壊して、一直線の三面コンクリートと砂防ダムに変貌しておりまして、肝もつぶれる思いがいたします。

島尾　いつの日か必ず、自然は元の姿に戻ろうとして、反乱を起こすかもしれません。

石牟礼　ええ、必ずきっと起こされますよね。

島尾　神戸で川を暗渠《あんきょ》にして、そこに建物を建てたところ、台風の時に六甲山から土石流が押し寄せて、暗渠の上に建っていた家は、全部流れてしまったそうです。自然の川の流れの姿は、幾千年万年の時の移ろいの間に形成されたのでしょうから、それをまっすぐにしたり、埋めたりなどしますと、上流で大水が出た場合は、やはり元の道筋、つまり自然の水流に戻ろうとするのでしょう。暗渠が流された神戸の六甲のその川は、ふたたび元の川に戻されて、私が近くに住んでいましたころは、きれいな水が流れていました。

石牟礼　今度の熊本の阿蘇に近い山国の水害もそうでした。扇状地になっていたのを埋め立てたところで、流出した木も全部そこらに植えてたんですよね。それが町ごと鉄砲水に押し出されて、なくなっちゃったんです。

島尾　自然の形態は在るべき姿として、神の御旨《みむね》によって形成されているのでしょうし、その地形は幾歳月の積み重ねの賜物でしょうから、その意義を深く思わなければならないのではないでしょうか。自然を恐れなさ過ぎるように思えます。入江内の海岸線の、見事なまでの浦々の曲線や、渚に生い茂る木々の美しい姿は、神の摂理の景勝でございましょうから、それを画一的にまっすぐにして、コンクリートの壁にしてしまいますのは、いかがなものでしょう。

石牟礼　ほんとうに、波の音も一枚セメントだと、ペタン、ペタンというように変わってきておりまして、セメントででこぼこを防いでしまうことによって。風の音といいますのは、いまおっしゃいましたように、モクモクしている葉っぱの間に、あるいは草のなよなよしているのに触れて通ってまいります。そういう木々や草の葉ずれの音を風だと私たち思ってきたんですけど。あれがもうコンクリートにふさがれましてはおしまいです。東京へまいりますと、吹く風にデリカシイがなくて、気持ちが通わなくて困ります。寂しい、わびしい感じがいたしますけど。

よそは知りませんが日本の海岸線とか山とかを考え直してみますと、川べりもそうですけど、葦のたぐいでやわらかいふくらみを連ねておりまして、曲線でございますよね。川は蛇行して出たり引っ込んだり、まん中に洲があったりするけれども、全体はなだらかな形をしてますよね。海岸線もそうですねえ。植生が、丸くまとまった植物ごとに群落をつくってて……。あれが消えてしまったとはどんなにか、子どもたちの情操をつぶしたんではないでしょうか。

島尾　豊かな感性をはぐくむ場が狭められてゆく感がございますね。遠い日に眺めました海岸には、緑の木々が生い茂り、四季折々にはユナギやハマユウその他の花々が咲き、浜辺にたたずみますと、静かな安らぎに包まれたものでした。海のかなたの国ニライカナイへの思いも去来いたしました。

浜辺にたたずんで聞いた浜松のこずえを渡る海風の響きや、白い砂浜に寄せ返す優しい小波のささやきも、母の子守歌ででもあるかのように、胸に深々と染みたものでございました。石牟礼さんのお言葉のように、コンクリートに寄せる波の音には、ぬくもりやささやきがこもりませんものね。

石牟礼　生き埋めにして閉じ込めちゃうようなことでございますよね。だから人間をコンクリート詰めにする高校生が出てくるのは当たり前ではないでしょうか。大人がして見せてますから、ごく普通にそれを受けとめて考える子たちが出てきます。

島尾　私の聞き知るところにすぎませんが、私の故郷では海が荒れて家が流されたということを、聞いたことはありません。もちろん昔も今も台風の時には、海は逆巻く怒濤となって岸を襲います。しかし渚をしっかと守ってアダンとユナギはびくともいたしませんでした。打ち寄せる高波を受け止めて和らげ、飛沫さえも葉枝の中に抱え込んで、聚落や田畑への塩害を防いでくれました。これこそが防風防塩の役目を万全に果たしていた、と言えるのではないでしょうか。最近このアダンやユナギの生え並ぶ砂浜が、次々にコンクリートの岸壁へと変わってゆくようでございます。

石牟礼　ほんとうになぜ考えないんでしょうかねえ。つくづく情けないです。

島尾　地域の人々が生活を営んでいる場所は、自然と共存しながら、必要に応じたそれなりの便利さや、開発が行われなければならないのは当然のことですが、人々の日常の暮らしにそれほどのかかわりのない所まで、自然を傷つけて、人の手を加えなければならない必然性があるのでしょうか、と思えてなりません。

――工事のための工事というのが相当ありますよね。特に奄美は公共工事でもってるというところがありますからね。

石牟礼　そんなふうにおっしゃっていただければ、問題の切実さがとてもわかりやすいのではないでしょうか。公共工事という名目でやられていることの中身が。

――水俣の渚はどうですか。

石牟礼　水俣でも渚はどんどん悪くなるばっかりでございます。私の家は渚の近くなんでございますけれど、もう目も当てられないですね。河口の向こうの、昔の漁村はほとんど壊滅して、その沖にはチッソの残滓を埋め立てたところが広大なものになりまして、ゴルフの稽古をする網が張られたりしています。

その中にもちろん有機水銀その他いろいろ入ってるんですが、チッソは裁判所の法廷でさえも、うそを言いまして、沈澱池をつくってヘドロを乾かしたと申しましたが、止め板を当てて囲って、水分をどんどん海に流したドロドロが乾いた埋め立てなんです。最近また工場の廃水口のあるところを県と国で広く埋め立ててしまいましたけどね。（水俣病）患者さんで反対した人もおりまして、私も新聞に書いたりしましたが、そんな声など全然とどきません。

誇れる自然との共存

石牟礼　ふるさと創生資金というのがありましたでしょう。あれを機にして、一斉に地方自治体が村おこしというのを始めましたよね。これがひどいんです。東京の広告企業のたぐいでしょうか、デザインをしてくれるそうなんですよ。だいたいレジャー基地づくりの発想なんです。幾段階かにわけてセットされた観光基地のイメージというのがあって、村や町の規模に応じてABCというランクがあって、こんなのはいかがですってイラスト入りで勧めるんですって。そういうのをつくると、東京方面からも人がやって来るし、現地からも雇用してもらえるだろうって……。もう全く奴隷の発想です。そういう発想で「地方も近代化せにゃいかん。これは東京の一流企業がデザインしたものです」って県のお役人がテレビで胸張って言うありさまです。

なんというか、昔は地方というのはプライドを持ってましたよね。優秀な人材をおれたちの村でも出したんだぞって。自分たちは東京に行けないけれど、おれの村からあの人が出たんだって。それが誇りであると思ってたのが、車用の道路ができて、東京の方へ人材を送り出さなくても、東京の方がレジャーに来てくれる時代になった。辺境の村々にですね。必ずレジャー施設をつくる。
　水俣もやっぱりそれに似た発想で、県がどこかに発注して作ってもらって、水俣はイメージ暗いから、明るくするためにと、はやりのテーマパークがやってきつつあります。資料館をつくれば、観光をかねた人たちが見にきてくれるだろうって。天草の人々までがレジャー施設を造りたい、レジャーホテルも造る、飛行場も呼びに行くと言ってまして。こんなにぞろぞろ一斉に観光旅行をしている時代が、あと何十年も続くんでしょうか。
島尾　私もそれを思います。
石牟礼　あと二十年もすれば、どこもかしこも観光施設はがら空きにならないんでしょうか。
島尾　観光と申しますのは、時代の流れにも左右されましょうし、とにかく不安定でしょうから、事を起こす場合には、遠謀深慮が大切のように思えます。観光とかゴルフ場とかはよその人々においでいただく、という他力本願的発想で、寂しいような思いもいたします。
　郷里を長く離れていいます私には、現在住んでいらっしゃる皆さんの生活や現状についてはうございますので、私の申し上げますことは現状に即さない理想論に過ぎないかもしれませんけれども、瀬戸内町の里肇町長さんにお目にかかりました折に、私は次のようなことを申し上げたことがございました。

瀬戸内町の照葉樹林に覆われた山々や亜熱帯植物の群落、アダンやユナギの生い茂る海岸、そして大島海峡の海中を彩るサンゴの林等をお守りくださることで、瀬戸内町は他に類を見ない自然の宝庫となるのではないでしょうか、と。とにかく大切な自然をそのままにして、傷つけないようにしていただけましたらと、願わずにはいられません。

これからもずっと山や川や渚は、なるべく人の手を加えない、自然の姿のままで残していただきとうございます。戦争中に島尾がはじめて加計呂麻へまいりました時は、この島には古事記の世界が現存している、と感動したと申しておりました。加計呂麻島の照り葉に覆われた島山や、深山の湖水を思わせる、波静かな呑之浦の入江の、太陽の光を受けて七色八色に変化する海面の美しさなどを思います時、私はこのように豊富な自然に恵まれた南島を、ふるさとに持つ誇らしさに、胸を張りたい思いがいたします。そして故郷の人々にも、誇りを持って島の美しい自然を守っていただきたいと願っています。

石牟礼　今のお話、とても意味のあることに思えるのですが、敏雄さんのよ

*瀬戸内町　主に奄美本島南端部と加計呂麻島から成る。その間にある大島海峡は波静かで、海底サンゴが美しい。ほとんどの集落（シマ）は入江の奥にあり、古い民俗が多く残っている。

うな近代の知性を持ったお方、そのためこういう時代の欠如感を人一倍敏感にお持ちでいらした方が、神話世界の中に立たれたわけでございますね。加計呂麻の海は様相を変える前に、たぶんそういうお方を待っていたのではないでしょうか。ミホさんを導き手に選んで。

そこでひそかに純度のたかい覚醒があったのでございましょうね。私どもにとりましてもそれはいろいろ意味ぶかいことですが、ふつうに考えましても、そのような、「照り葉」などという美しいよび方でよばれている世界があるところを、私たちは敬わなければならないのではないでしょうか。

ひとたび観光客になりますと、実に心卑しい成り行きになって……。お金みせびらかしてるような、旅の恥はかき捨ての見本のように出歩ける時代が、あと何年続きますかしら。そのうち不景気というのが必ずやって来ましょうから。日本人はだいたいブームに乗るのが好きみたいですねえ、で今は観光ブームなんでしょうか。

島尾　ゴルフブームというのでしょうか、私の郷里でさえもゴルフ場設置の話があるとか聞きました時には、あの大島海峡がどのような影響を受けるのでしょう、と思いました。サンゴの群落や、サンゴ礁に住むさまざまな魚介類へも、きっと何らかの影響が及ぶのでしょう。山や川や植物への配慮を尽くした、自然と人間の共存こそ願わしゅうございます。

感性はぐくむ自然

石牟礼　昔の川べりというのは、石垣が、まあそこは人の手が加わっているのですけれど、道路のへりから水面の下まではゆるやかなやさしい角度の石垣があって、石の面をひとつずつ踏みかけて上り下りできるように組んでございまして、そのうちに少うしずつ石の間にすき間ができて、子どもでも大人でもはだしになって、そこを伝って下りてゆきますと、カニが石垣の間にいたり、巻き貝がいたり、遊びながら入ってゆけました。

上がるときも、石垣の間の船の杭をみて、さわらないようにするとか、石垣がこわれたら大変という思いがありました、子ども心にも。今はコンクリートで垂直になってますから、危のうございますよ。川におっこっても流れるときに、ほら、つかまるところがないですよね、つるっとして。

島尾　ございませんね。昔は草や灌木などが生えていましたけれど。

石牟礼　昔は草や木の根があったりしましたから、その下蔭にエビがいたり魚もいろいろおりましたけど、垂直な土手というのは非常に危ないです。落ちたら上がれません、ずうっと流れていくしかないですね。

島尾　大水が出た後でも、小さなカニや手長エビや巻き貝さえもが、もといた石垣の間や水辺の草の間にちゃんと、前と同じようにいるのが、子どものころ私は不思議でなりませんでした。カニや手長エビなどは、自分の身を守る術《すべ》を心得ていて、大水にも流されずにいたのでございますのね。

手長エビをつかまえるのが楽しくて、川に網を仕掛けたり、石を積んで堰をこしらえたりして遊びましたのが思い出されます。私の子どものころは、川の中でも、海の中でも、唇の色が紫色になって、わなわな震えていても、なお友達同士で遊びさざめいていました。小学生のころ、夏休みの間はほとんど一日じゅう海岸で遊んでいたと申せましょう。お昼ご飯をいただくときだけ家に帰りまして、またすぐ海岸へまいりました。泳ぎ疲れますと浜辺で遊び、また泳ぐというふうで、日がな一日、海を相手に遊び過ごしていました。

南の島でございますから、昔の子どもたちは、五月ごろから九月いっぱいぐらいまで、海で泳いでいました。それも小学校へ上がる前から、川や海の中へ入っていたという思いがいたします。それでもおぼれて亡くなったということを聞いたことはございませんでした。外海の波の荒い海ではございませんで、平生は湖のような波静かな、入江の内でしたし、幼いころから川や海で泳いでいたからでございましょう。

しかし、近ごろは島の小中学校の中では、海水浴の時間が決められていて、その間は親御さん方が二人ずつ監視員として、見守っているとか聞いたことがございます。私が子どものころは、あんなにも自在に泳ぎ遊んでいた海で、今の子どもは庇護のためではございましょうが、決められたわずかな時間しか、海へ入ることが許されないと聞きまして、今昔の感にたえませんでした。海のそばで生まれ育ち、朝夕海を見て生活していますのに、海へ入るのに、決められた時間内というのは、子どもたちには不自由ではないでしょうか。

石牟礼　私たちは、川を見ればそこで遊ぶものと思い、海はどぼんと入るものだと思ってました。木を見れば登るもんだと……。

島尾　山へまいりますと、木の実をとったり、椎の実を拾ったりもいたしましたね。

石牟礼　木の実はなくっても、あの私、木を見れば登りたくて、やっぱり猿の性に返るというんでしょうか。（笑い）もう登りたい、なにかしら登りたい、登ってこう眺めてみたいというふうに思ってまして、そんなふうに育ちましたものでで、ほんとうに最近は過保護でございますね、見るも哀れに過保護ですね。

島尾　今は都会も田舎も画一で、加計呂麻の聚落でも同じようでございます。

石牟礼　加計呂麻でさえもそうだとは驚きますねえ。世も末ではないでしょうか。

島尾　昔とは何もかも変わってしまいました。半分おぼれかかったりしながら泳ぎを覚えるのでございますし、それから自然を見たり渚で遊んだりして豊かな感性をはぐくむのでしょうけれども、今は東京の人も加計呂麻の人も同じような感覚で育っているようでございます。着るものも言葉もなにもかも似ていまして、地方の持つすばらしい個性が見受けられません。

私たちが子どものころには、野山や海岸や川辺にも、愛着をよせる場所がございました。もっともっと身体を自在に働かせる遊びの方がよろしいように思えますけれども。

ふるさとに住む、ふるさとを書く

安住の地を求めて

――島尾敏雄さんは終生、旅人だったんじゃないかと石牟礼さんがおっしゃっていましたが、引っ越しが多かったんですね。

島尾　転居はなかなか大変でございます。首都圏から鹿児島へ移ったのを入れますと、二年間に三回も移転を余儀なくされました。それは転居先でさまざまな事情が出来《しゅったい》いたしまして、定住には大変な困難が伴うような状況があり、短い期間でさえも島尾と私は疲れ果ててしまいました。鹿児島へ来てからの二度の転居は、決してぜいたくを望んだわけではなくて、私たち家族がせめて心身を安心して憩わせることのできる範囲の、まわりの状況と家を求めてのためでございました。

鹿児島での二回もの転居には、それなりの筆舌に尽くしがたいほどの、つらく悲しい理由が多々ございました。今思いましても胸が痛みます。その間荷物は箱詰めのままで積み上げ、荷解きができず、必要品は最小限度買い求めての、不自由な日常でした。最初の家も次の家も部屋数はございましたが、島尾の蔵書や家具等を収納するには狭すぎて荷解きができないので積み重ねられた書籍箱や荷物箱でいっぱいのため使用不可能で、ようやく一室だけが使用できまして、その一部屋を家族の生活のすべての場として暮らしていました。そして二年の間家探しやあれこれに加えて、精神的な苦痛が多く、原稿執筆の島尾と、病弱で通院中の私には、まことに針のむしろの苦行の毎日でした。鹿児島に住みたい希望で首都圏からはるばる越してまいりましたのに、もう東京へ戻りましょう、と幾度考えましたかわかりません。

今住んでいます鹿児島市宇宿《うすき》町の家は庭も広々しており、芝生や庭木の美しい所に落ち着けました時には、ほんとうにほっといたしまして、心からの安堵の喜びが体じゅうに染みゆく思いでございました。何よりも心が安らぎましたのは、ご近所の方々が私たち家族を他所者《よそもん》扱いなさることがなく、温かなお心を寄せて下さったことでした。ご近所やお店、タクシー会社などの方々から親切を受けますたびに、私は人のなさけのありがたさに涙をこぼしました。前の加治木町反土での他所者扱いの悲しさや吉野町での日々はとても大変でしたので、宇宿町の方々の親切がひとしお心にも身にも沁みました。ところがようやくここに安住の地を恵まれましたのに、一年にも満たないうちに、島尾*は他界

*昭和六十一年十一月、

へ去りました。

石牟礼　一年もしないでお亡くなりになったんでございますか。

島尾　神様のおぼしめしでございましょう。前の加治木町反土ではなく心からの安らぎを得ました宇宿町のこの家から神様のみもとへ島尾が旅立ちましたことを、私はせめてものことと考えております。そしてそのさいわいを恵与下さった宇宿町のご近所の方々へ、深く感謝申し上げております。

島尾敏雄氏の死去により再び名瀬市に転居する。

トントン村のこと

石牟礼　私は障子につかまり立ちしてものごころついたころは、水俣川のそばの浜町というところでした。そのあと、チッソのそばの栄町というところにおりました。今も街の通りがございます。それから今の家のもっと海岸よりに移りました。もうその家の形はなくなりましたけど、この村はほとんど家がなかったんですよね。

小学二年のときに、栄町の家は差押えを受けたんです。差押えがくる、差押えがくると親や親類たちが額を寄せて、ため息をしております。サシオサエなのにサショウサイと聞こえまして、サショウサイがくるって大人たちがおろおろして、学校に行く鞄も持っていかれるかもしれんと申します。近所のおばあちゃんたちが「子どもはうちに預けなはりませ」とか申されますし、たいそうえらいことが起きるらしいと子ども心に考えこんでました。サショウサイというのは、モンスターのような化け物のようなものかと想像してみますが、わが家にはじめてはいって来た言葉でしたので、理解できませずにそれなりに心配しておりました。

祖父が事業に失敗しましてね、湯の児（水俣市）という今は有名な温泉地になっておりますが、そこを地開きして温泉地にする最初の仕事をいたしましたんです。そしたら、依頼主からお金を払ってもらえない事態が起きまして、もういろいろ山とか地所とか売って人夫さん方のお手当てをしていたみたいでしたけど、絶対に払ってもらえないということがわかりまして、それで道具屋さんなんかにお支払いができない。トロッコやレールやツルハシや、ああいう道具や機械はいたみがはげしゅうございますから。それで全財産を売り払いましてお手当てをしまして、栄町から移ったんです。今よりもっと海の方です。

トントン村って呼んでましたが、トントンというところに行くっていわれて、どこに行くんだろうと思ってました。近所の方とか知り合いの方々がお見舞いにみえて「どこに行きなはりますか」「トントンに行く」って、私小さいときですから、親の代わりに私がパッと言うと、はっと胸をつかれたような顔をなさって、「トントンになあ」っておっしゃるのですね。その大人たちの吐息と顔の色で、もう最果てのところに落ちて行くような感じに受け取れるわけですよね、子どもの私のほうが。

で、どこだろうと思ってましたら、海のそばの波の打ち返す渚のそばでした。ほんとうにもう家の前は海でして、今の水俣川の河口のところですけれど、さまざまな種類の貝殻がですね、星の散らばるごとくにあるんです。真新しい、見たことなかった貝殻が。そのひとつひとつが見たことのないもので、毎日毎日拾っておりました。沖に潟堀《がたほ》り機が来てまして、掘り返されて出てきたみたいでしたけど、潮が引きますと、もうずうっと砂浜が広がってまして、その景色には感動いたしました。家の窮迫とか、どん底になりましたことは、頭にまあないことはないんですけど。

それはちっちゃな蔀戸《しとみど》のワラの家でございましたから、土間の台所のほか、お部屋は六畳二間きり、建具もありません。その二間にずうっと、家族ぜんぶがお布団を並べて寝るのがかえって珍しかったり、うれしかったりいたしました。

間もなく、もうちょっと山の方に父が手づくりで家を建てまして、まあそこも小屋まがいのものでございましたが。その家を壊したのは十年ぐらい前でしょうかねえ。雨が漏って、もう洗面器やら皿やらどんぶりやら持ち出しましても足りませんで、数えてみたら三十七ところぐらいございまして。（笑い）

雨が降る日に母が病気になりまして、どこへ移動してもお布団の上に雨がくるんです。このまんま、もしも不治の病いであったら、この家で雨に打たれながら母を死なせるのかしらと思って、それで借金をしまして、急遽建てましたんですけど。そのうちに主人が定年になって、自分たちの家を最後に建てましたが、引っ越しのいちばん鮮烈な思い出はやっぱりトントン村に引っ越したときでございます。家で働いてくれていた人たちが、まきや米俵やみそ、しょうゆ、野菜、魚なんかをいっぱい持ち寄ってきてくださいまして、こういうときこそご恩返しだと。引っ越しのお手伝いを受けている中で、それほど窮迫していたというのが、子ども心にもわかりまして……。

トントン村と称《よ》ばれたいわれは後でわかったんですけど、水俣川の河口の村で、私どもの家は海の方に出ばっていましたが、もうちょっと丘の方に寄ったところを称んでいたようです。私の家のすぐ先は火葬場なんですよね。その河口に沿った土手があるんですけど、そこをよくお葬式が通ります。お葬式のある日は、隠亡《おんぼう》さんが通られる。夜中にも死人さんを焼いてお帰りになる。夜中には提灯ともして行かれるんですけど。「岩どん」という名前の人なんですけど、村の人たちが「あのわれは、死人さんのひざのかっぽね、あのひざの皿を焼酎のさかなにしてかじりながら、死人さんを焼くときに、前に焼いた人のひざの骨をかじりながら焼酎飲みなさる」って言うんです。それで、死人さんの精がついておんなさる。その人には。それであの人はたった一人でも肝がすわって、それで人魂を提灯代わりにともして、うしみつ時の土手ば行ったり来たりしなはるって、村の人たちが来て話すんですよね。

ほおーっと思いましてね。それで私すっかり畏敬の念をそのおじいさんに持ってしまいましたけど。だんだん聞くうちに、おじいさんの家は、親の代に村に来られて、それでご兄弟のお一人は、牛馬の皮をなめしなさる。いま一人の人はそれで太鼓をつくりなさる。そういうご兄弟が村に来られて、で、ちょっと村の高台のところでなめし上がった皮を干して、お兄さんだか弟の方だかが太鼓に張って、試し叩きをなさる。それが川を渡って町中に聞こえたんですって。

ちょうど川向こうの八幡さまが、この神様も新しく来られた神さまですが、そこのほうり（祝）、「ほうり殿」がその太鼓を叩きなさる。八幡さまが叩きなさるのと、岩どんの親が叩きなさる太鼓の音が違うんですって。八幡さまの太鼓は一定のリズムで、トントントントントントンていうような連続音の叩き方をなさるけど、こちらの丘の試し叩きは、ゆっくりトトン、トントン、トーンとほがらかな音で鳴るんだそうです。それでトントンという村のよび方になりましたんですって。

島尾　それでトントン村。

石牟礼　はあ、それは俗称です。後からできた俗称というか蔑称……。蔑称でもないんですね。なんだか愛敬がございまして。それで、そういう人が住んでおられる村というふうな共同了解といいますか、了解がございましたんでしょうね、「まあ、ほんとになあ」って言われたときに……。そういうこと長い間、知らなかったんです。

――近ごろはやりの言葉でいえば異形《いぎょう》ですよね、異形の人たちというんですかね。それは単に蔑称とかいう問題ではなくて、おそれもあったりというものだったんでしょうね。

石牟礼　一種のおそれも抱いてましたんでしょうねえ。

音でわかるというのは面白いと思うんですけど、当時は騒音もラジオもテレビもなんにもなくて、町の朝が始まるのは音から始まりますでしょう。夜が明けるというのは、鍛冶屋さんの音とか、馬のひづめの音とかで明けてゆく町でしたが、その中に太鼓の音が入ってきたんですね、町に。音につれて暮らしの始まる姿がみえますね。私どもが住んだ家は、町からも外れて海の方でしたが、その村は、まあそのご兄弟が入ってこられたときどのくらいだったのでしょうかねえ、家が。まあ二、三十軒あったんでしょうか。いわゆる被差別部落とはまた違うんですよね、その人たちをいやしむような気風はありませんでしたから。むしろ畏敬されてました。

いちばん最初その村に来た人は、今、国民宿舎がありますでしょう、海に向かった高台、あの辺に私たちよく石蕗《つわぶき》とりに行ってましたけど、そこに屋敷を築いた跡があって、そばの泉に水が湧いて、ちょっとした石で囲った泉がございました。そこに行くといつも拝みまして、私たちは、そこらの石蕗の葉っぱで水をくんで飲みまして、拝んで帰ってましたけど。

ここがいちばん最初に、天草の方から移ってきた人の家の跡だって、大人たちが教えました。春になりますと石蕗とりにゆく茅原《かやはら》なんですね、そこは。その泉の水をいただきながら、ここにたった一軒来られたときは、おとろしか所じゃったげなって、かならず大人が一緒のときは聞かされるんです。木が生い繋ってうちかぶさっておった所じゃったって。三喜という名の人だそうですけど、晩になればあのガゴ*が来て、ガゴっていうのはケンムン*のようなものですけど、それが晩にきて、「さんき噛もう、さんき噛もう」っていうんですって。噛んでしまうぞうって。

島尾　食べてしまおうという意味でございますか。

石牟礼　はい。それで晩になれば恐ろしゅうして、もちょっと町の灯のみえる丘の下に移って来なさったげな、それがここの村のはじまりだと隣のおじさんがおっしゃってました。

――うちの母も天草ですけど、ガゴ、ガゴって言ってました。

石牟礼　ガゴとか、あもよう、というガゴ、あもよう、ってかわいい感じですけど、そんな名のガゴがいて、もういろいろ、そのあたりに住んでおりましたんですよ。

島尾　河童《かっぱ》みたいなものでございましょうか。

石牟礼　いえ、河童とはまた違うみたいですねえ。よくはわからないんですけど、あんまりぎょっとさせるものじゃなくて、魔妖のものなんですけども、なんとなく愛らしいような、懐かしいような、そういうのがいっぱいいて。家々の配置も、ひしめいていないですから、間々にいろいろ棲んでいたんでし

＊ガゴとケンムン　ガゴはヤマワロ（山童）の熊本県八代周辺での呼び名。九州山地ではセコと呼ばれる。いたずら好きの妖怪だが、山仕事を手伝ってくれることもある。春には山から川に下って河童になる、という伝承もある。ケンムンは奄美を代表する妖怪。全身赤毛で覆われ、ガジュマルやアコウの大木に住んでいる。相撲好きで、木を伐る手伝いをすることもあるという。沖縄のキジムナーとは親戚関係。

ょう、きっと。

隣のおじさんは、半年ぐらい前に亡くなられましたけど、若いときは舟を持ってて、専門の漁師ではないですけど、海辺ですから晩になると夜釣りに出たり、昼はお百姓をしたり、お金になるような運送業に出たりなさって、気が向く日は海に出る、そんなふうな日常だったようでございますよ。

ふるさとで暮らしたい

――ミホさんの生家は、加計呂麻の町長、王様みたいな感じですよね。屋敷とか塀がきちっとある家ですか。

島尾　めっそうもございません。ただ、昔の封建の世のころには、厳しい身分制度がございましたようですけれども。はるかな過去の時代のことでございますが、ユカリッチュ（由緒ある家）の屋敷は大きなサンゴ礁を一定の形に切り出して積み上げた石垣で、一般の家は平たいサンゴをそのまま積み上げた石垣や石積みだったようでございます。私のところは始祖から十七代続いていまして、一族の系統を書きしるした系図もございますが、屋敷は代々続いた場所から移っております。しかし今は何も残っておりません。

父が亡くなりましてから数年後に、何もかもなくなったようでございます。当時加計呂麻はアメリカ軍政下にございましたので、日本本土とは文通もままならず、この間の事情は私は何も聞いておりません。近所の方がいくらか畑に使っているようですけれども、すっかり山の姿になってしまっております。

ふるさとは懐かしゅうございます。ひたすらに恋しく、加計呂麻と思いましただけで、胸がこみあげてまいります。私が幼かったころの聚落のたたずまいや、肩を寄せ合うように建っていた茅ぶきの家々、手を取り合い助け合って暮らしていました懐かしい人々、幼友達、そして小学校の時の恩師などの姿が、目を閉じますと涙とともに思いの中にあふれるようによみがえってまいります。しかし、帰郷しまして、ふるさとの浜辺に立ってあたりを眺めますと、心の中の聚落の面影は遠ざかり、目の前にはすっかり変容した現状が顕然とありまして、たえがたい寂寥感に陥ってしまいます。

——遠きにありて思うものみたいな。

島尾　ふるさとは遠きにありて思うもの、とかも申しますが、私は帰郷への願いが、いつも胸中に切々とあふれております。聚落のたたずまいは変わり、私には帰るべき家もございませんけれども、ふるさとでは幼いころからなれ親しんだ人々が、いつ帰っても温かく迎えてくれます。四季折々の島の野菜や果物、そして島尾と私にとりましては、聖地のようにさえ思えます呑之浦の、特攻隊島尾部隊の基地跡から採った石蕗の佃煮や蓬の団子、呑之浦の入江内で釣ったお魚や、大小さまざまな南島の珍しい貝などを、たえず送ってくれる人々が残っています。

航空便の発達によって、加計呂麻の入江で釣れたお魚のお刺し身や、巻き貝の殻付きなどを、海から揚げたばかりのような新鮮さで手にいたしますとき、私は自分がふるさとの浜辺に立っているような感動で胸が波立ちます。私はできますならば、ふるさとの島で暮らしたいと、思うことさえしばしばでございます。

聖域としてのふるさと

――石牟礼さんは、仕事場はときどき変えられますよね。それはやっぱり、あまり身近なところにいるわずらわしさみたいなものがありますか。

石牟礼　やっぱり田舎ですから、ただ今執筆中ですって、玄関に書くわけにもいかないし。（笑い）「おんなはるかな」って声がするときはもう上がってみえるんです。だいたいわが家は昔からどなたも出入り自由でして、もうずうっと家風がそうなってまして、祖父の代から人がいっぱいみえてにぎわう家でございましたので、親族だけではない人の出入りの多い家なんです。それに、私の方だけじゃなくてうちの先生（ご主人）も兄弟の面倒全部見てたりしていて、それでやっぱり私が引っ込んでるわけにはいきませんので、仕事がまとまりませず、遁走いたします。このごろは遁走するのも定着してまいりましたが、前はずいぶん、自分で時間をもぎとらなきゃ書けないものですから、気兼ねしてまして、はい。家の者も、納得してきたんですが、兄弟たちはまだまだ、奇異な感じでおりますよ。

――自分よりも周りの人が自分のことをよく知っているということがありますよね。

石牟礼　はい、それはもうたいへんです。親類すじのお年寄りなんかは、私の友人に「あなたから言って下さい。もちっと奥さんの仕事をなさるように」って。そう言われているんだと友人に言われました。よそにばっかり行かんように言うてくれって、何してるんだろうって。

島尾　石牟礼さんは作家でいらっしゃいますから、周りの方々はご理解なさっておいでではないでしょうか。

石牟礼　まだまだ田舎では女がものを書くというのは、夫持ちの場合はおかしいと見られているようでございますよ。非常に卑俗なたずね方で、「このごろはどこに」って、それも小さいときから知ってるおじさんに「どこに行きなはったか、上方《かみがた》の方な」って言いなさいます。こちらのほうもどこどこに行きましたって、いちいち説明も面倒なものですから、まあ「はい」と申しますと、「あっちはよっぽど景気がよかっじゃろなあ」って。（笑い）

文学って言ったって説明できるものではありませんし。うちの叔母と母がいつかテレビのメロドラマを見てまして、「道子もこぎゃんとば書けばよかとにねえ」（笑い）「みなさんが喜んで見て下さるとに」って。「水俣病じゃのなんのとか、むずかしか、暗かごたることば書くとじゃろ」って。

母の家を建てて下さった大工さんが「なんか、書きなはりますげなな」といわれましたから、恐る恐る一冊さしあげてみたんですよね。それ『椿の海の記』*ですけど「道子さんのは、えらい暗かなあ」と言われましてね。「まちっとようわかるとば、書いてはいよ」って。あれ、暗くてようわからんだったの

＊**『椿の海の記』**　石牟礼道子著。水俣の自然や風物を背景にした自伝的長編小説。水俣病患者を描く三部作の一つ。一九七六年、朝日新聞社刊。

かなあと思いました。狂った人を中心にしてますけれど、暗くはないつもりでしたのね。まあ、うんと好意を持って接近してくれる人の反応がそうですから、ほかの人たちにはどう思われているんでしょうか。

ほんとうに作家なら水俣あたりにおらずに、東京へ行きそうなもんだって。そんな風に言われてるというのを聞いたことがあります。東京に行くといってもたいへんで、母が生きてる間は母を連れて、東京に行くたって大変ですから、甲斐性がないなあと思ってました。母が死にましたら死にましたでいろいろまた、ありますから。ずうっと育ったまんまたいして動きませんよね、狭い地域社会で。それになにより東京は肌に合いませんし。

島尾　地域社会というのはままなかなかに大変なこともございます。

石牟礼　筑豊にいる友人で、感じがミホさんに似ておられる方、上野英信さ*んの奥さまがみえて「あなた、こんな所に何十年もいて、よく発狂なさいませんでしたねえ」っておっしゃる。「いえ、もう発狂してるんですよ」って言うんです。もうその中から抜けられないで、首までつかってるもんですから。抜け出してみたいのに抜けられませんで、作品にいたしますとき、育ててもらった世界を相対化して作品化していく過程では非常に、どの作品もそうですけど、美化してるわけじゃないんですけど、理想化して書いてる気持ちはございます

***上野晴子さん**　一九二六～九七年。記録作家、上野英信（一九二三～八七）氏の妻。遺稿集『キジバトの記』。

ね。あのう、そこでは哀憐ただならないという気持ちがございますね、作品の上では。

書いておりますうちに浄化作用のようなのが私の中で起きてきて、ある種の聖域のように、特に水俣病みたいなのがかぶさってきましたから、一種の聖域として書こうとしている気がいたします。もう失われた世界でございますけど。

男・女・夫婦

それぞれの夫婦のかたち

——ミホさんは男尊女卑とかフェミニズムというレッテルとは全く関係ないと思うんですが、島尾敏雄さんとご自分との関係はどうなんでしょう。

島尾　私たち夫婦の場合は、島尾と私は二人の人間、つまり個々の人間と申しますよりは、一体という思いでございました。一心同体という言葉がございますが、私たちはほぼ一心同体に近い状態でしたように思っております。「これから先百年も一緒にいられるわけではなくて、いずれ別れの時が来るでしょうから、それまでは一分でも多く一緒にいましょう」と島尾が申して、二人の時間を大切にいたしましたし、島尾はわずかな時間の外出でも、必ず出先からたびたび電話をいたしました。旅行に出ますと、毎日手紙を書きましたし、日に何回も電話がありまして、お互いの安否を確かめ合い、安堵しておりました。

島尾がアメリカやプエルトリコ、ハワイなどの各地を二カ月ほど旅行した時*には、行く先々のホテルに到着しますと、フロント係からまず私の手紙を手渡

＊島尾氏は昭和三十八年四月から米国務省の招待で米本土、ハワイ、プエルトリコ等を二カ月旅行した。

されて、とてもうれしかったと申しております。私は島尾の出発と同時に、島尾への手紙を毎日、ワシントンの、アメリカ合衆国国務省気付で投函いたしました。その時の島尾は一人旅でございましたが、国務省はじめ多くのアメリカの方々が、とても親切にしてくださいまして、私の手紙も国務省から、島尾の行く先々のホテルへ、前もって届けてくださったのでございます。

帰国の折国務省へお礼にまいりましたら、女の方が「あなたがミスター　トシオ　シマオですか、手紙の転送のためにあなたの名前をずいぶんたくさん書きました」と、にこにこしながらおっしゃったそうでございます。私のもとへも夫からの「アメリカ便り」が毎日配達されました。毎日便りを書き、毎日便りを受けておりますと、遠く離れているという思いが薄らぎ、慰めを得ました。最近は国際電話が発達しておりますが、二十数年も前には、外国へ電話など思いもおよびませんでした。隔世の感がしてなりません。

——石牟礼さんはいかがでしょうか。

石牟礼　そうですね、お互い世話しなきゃならない者たちをたくさん抱えてきましたし、あの人（ご主人）は私が書きます世界とはほとんど別のところにいる正常な人なんですね。それでどういえばいいんでしょうかねえ、なぜ書きたいのか、ふしぎに思っているのではないでしょうか。とくべつ熱心には読んでいないようですし、あのう無類に人のいい人でして……。

――時々「ほう、あそこの原稿をまだ書いとらん」ってそれとなくおっしゃいますよね。

石牟礼　あれどういう気持ちかなあと思うんですが、にわかにはたと気がついたように「早う書かんか」と申します。（笑い）電話で催促がくるものですからね。自分が受けるとそれを取りつがなきゃ気の毒でならないんですね。やっぱり役目だと思っているんだと思います。最初書きましたのが水俣のことだったものですから、まわりの家庭とはやっぱり違ってきてしまって。で、その過程ではあの人も、途中で加勢をしたり、私に加勢というんじゃなくて、教員だったものですから、水俣病の患者さんたちのお子さんたちを預かってたりなんかして……。そのうち支援組織をつくらなくてはならなくなって、二人とも運動のようなものに巻き込まれてゆきましたもので、一つはそれがありまして、並の家でなくなって、その中でも私と方針がだいぶ違ったりいたしましたんですけれど。

私それでも、最初の作品、見せたんですよ、読んでほしいと思って。「ぐじゃぐじゃしとって、なんのことかいっちょもわからん」と言われて（笑い）がっくりしまして、それ以後は読め読めといって負担をかけてはいけないと思っているんですけど。

まあそれで、地域社会といいましても水俣病を抱えてもう四分五裂、たいへんなことになっておりますから、書きましたことで私、反逆者の面もございますから、なんと言いますか、自分がそこにいるということで、周りにですね、違和感を与えながら生きているんだろうと。私の方も違和感いっぱいなんですけれど、まあいちばんの被害者はうちの先生。私、うちの先生と言うんですけど、そういう意味では災難かもしれないと、大変気の毒に思ってましてね。それまではいわゆるふつうの奥さんだったのが、突如ふつうの奥さんでさえもなくなってしまったもので……。それまで、あの、なんといいますかねえ、隠していたんですねえ。自分の本性を。

島尾　お書きになりたいというお気持ちを。

石牟礼　はい。隠して、隠れて書いてましたから。それがわっと現れてしまって、そして運動のような、これはもうやむを得ないことでしたが、書きました責任もございまして、じっさい自分で引き受けなきゃならないことも出てまいりまして。それも穏健な、そこそこの運動ぐらいでやれればよかったのにですね。そういう意味では家の中のことはもう放棄した時期がありますから。それまで、なんでも一生懸命する方ですので、私家事にも熱中してましたけれども、買えませんので、子供の服も、うちの先生の背広も、アメリカ軍の放出物資をほどきまして縫ったりしておりましたんですよ。

――そのころの悶々とした気持ちは歌集*によく出ていますよね。

石牟礼　はあ、それでいい妻のふりをしてたんだなあと思います。それは一生懸命やるんですね。やりくりを一生懸命やって、一途に、ひたすら体が壊れるくらいに家事をやるんですね。息子が大学を出るころ、（先生に）「寝床ぐらい自分であげなさいませ」って言ったんです。じつにびっくりしたみたいでしたよ。そしてそのころは、患者さんのためにこうこんなことをしなきゃいけないと仲間と語らって、水俣だけでは足りずに、熊本のもの書き仲間に頼みましていざ決起、決起しなきゃいけない時期*がまいりましたもので。

ああこれで家が壊れるならもう仕方がないと思いまして、寝床を自分であげること、脱いだ靴下をちゃんと自分で洗濯かごに入れてくださいと宣言いたしました。向こうはびっくり仰天して。薩摩の風土で育ってますので、ほんとうに男尊女卑ですの。非常に抵抗を感じたみたいですねえ。

「わかった」とは言わないのです。それで『死の棘』の中でミホさんのお言葉、「慎んでお聞きなさい」、あっ、これ私言えばよかった。（笑い）

――石牟礼さんは（ご主人を）先生とおっしゃってますけど、先生も「うち

*歌集　石牟礼道子歌集『海と空のあいだに』（葦書房）。二〇一九年に『全歌集　海と空のあいだに』（弦書房）として刊行されている。

*時期　一九六九年六月、水俣病患者二九世帯が熊本地裁に第一次訴訟を起こした。

ん子は」とおっしゃいますよね。だから、言うこと聞かない生徒のように思ってしまったんでしょうか。

島尾　「うちん子は」とおっしゃいますのはほんとうに思いが深くていらっしゃいますのね。そのお言葉には、ほんとうに深い思いが伝わってまいります。

石牟礼　「夫は」とか「あなたは」とか、とてもじゃないけど恥ずかしくて、一度も言ったことありません。

島尾　私も「あなた」とはほとんど申しませんでした。若いころは「敏雄さん」と呼びかけておりましたが、子どもたちが小学生になりましたころから「おとうさま」に変わりました。島尾のほうは「おまえ」とか「お母さん」とは、たったの一度も申したことはございませんで、生涯「ミホ」だけで通しました。

石牟礼　私、あの言葉、いつか使ってみたいと思っているんです。（笑い）

――「慎んでお聞きなさい」ですか。（笑い）

島尾　私も家事を何よりも優先して懸命につとめてまいりました。島尾は私が小説を書きますのを、「疲れるから」と、とても心配いたしました。小説の執筆は精神の集中が必要でございますので、とても疲れます。島尾は一つの小説作品を書き終えますと、胃が悪くなりました。ですから私には疲れることは、させたくなかったのでございましょう。なるべく書かないようにと申しておりました。

男の役割・女の役割

――ミホさんが島尾さんの作品を清書なさったり、石牟礼さんの〝先生〟が遠くから世話をなさる。そういうのは男だから、女だから、ということではないような気がしますね。

島尾　それはございませんでした。夫婦の場合は、夫と妻の果たす役割がそれぞれございますから、それは別といたしまして、島尾と私は精神的な面とか、日常生活においては同一線上におりました。二人はいたわり合い、助け合ってまいりました。と申しますよりも、案じ合っていたと申せましょう。

――フェミニズムなどについてはどうお思いですか。

島尾　現代の女権拡張の風潮につきましては、今すぐお返事できるほどの思考のまとまりができておりません。現代を生きる女性の方々には、それぞれのお考えや、生き方がおありでしょうけれども、私は戦争前の教育を受けておりますので、女は家庭を守って、子どもを養育し、夫が後顧の憂いのないようにつとめるのを本分と心得ておりますし、私自身はそのようにつとめてまいりました。

石牟礼　私、子どもを育てるのが珍しくて珍しくて、面白くて、子どもといつも一緒にいたい。もう向こうが体力がついてくると組んずほぐれつしてました。それで全然教育ママじゃなくて、中学や高校になって試験勉強やってる時も、私の方からじゃれかかって勉強させない。（笑い）それで、もうふざけっこばっかりやってまして、ほうきを持って自分より大きな子どもを、私が田んぼの道なんかを追っかけて回るんです。

島尾　お子さまはお一人でいらっしゃいますか。

石牟礼　はい。一人でございます。

島尾　御子息でいらっしゃいますか。

石牟礼　はい。わたくしの方が楽しく遊びましてね。

——近ごろは優しい男が好まれるとか言いますね。

島尾　最近は優しい男性という言葉をよく耳にいたしますが、本当に優しい人はただ優しいだけではなくて、内に強さと凜々しさを秘め持つから、周りの人々に優しくできるのではないでしょうか。ぶしつけを顧みずに申しますと、私は父と夫をみていてそう感じました。父も島尾もふだんはこの上なく優しく、日常生活では言葉を荒らげることなど、全くございませんでしたが、いざというときには毅然とした態度で臨みました。

——今は男性も化粧をする時代なんだそうです。

石牟礼　もう何ごとでしょうか。もってのほかですね。

島尾　男性が自分を表現しますのに、化粧の力を借りるということでしょうか、外面を装うのではなく、男性方はもっと本質的な内容で勝負なさってはいかがでしょう。

石牟礼　ほんとうにじつになんと見下げはてたことかと思います。

島尾　男性の方々には、雄々しく毅然としていただきたいと思います。

石牟礼　思いますね。男らしく凜《りん》としていてほしいと思いますねえ。

島尾　近ごろは身だしなみは寸分のすきもなくきまっていて、優しい男性が好ましいとかも耳にいたしますが、しかし真に床しい男性とは、愛情は降る星の如くと申しますか、そのような包み込む愛とこまやかな優しさにあふれていて、内には強い意志を秘め持って、事に当たっては毅然とした態度で臨み得る人のことではないでしょうか。内面の立派さに比べまして、外見の装いなど全く問題外のように私は思います。

石牟礼　庶民の世界では、「うちの山の神が」っていう言い方がございますよね。家には常に山の神様がいて、ご亭主がちょこちょこぐらいは悪いことをしましても、山の神がちゃんと、鎮座ましましているんだと、いつも意識されておりましたよね。

私の家によく来る職人さんたちが、いろいろ羽目を外すようなことをしでかして、その始末を頼みにきて、父から怒られることがありましたけれども、「ときにその、うちの山の神にだけは内緒に」と、急に頭を垂れて、声が小さくなって、落語のような場面がちょいちょいございましたが、それで、そちらの山の神様にはみんなで内緒にしてさしあげるんですが、やっぱりほんとうに支配していたのはおかみさんですよね。

島尾　夫を立てながら、後ろで手綱はしっかりにぎっている、きりりとしたおかみさんでございますね。

石牟礼　それは、庶民の会話の中には常に意識されてて、どこかの家が憂わしいような事態になったりいたしますと、みんなで額を集めて協議しまして「まあ、あそこは奥方、母ちゃんがしっかりしとるけん」っていうような言い方で、まあ乗り切れるだろうと思うのでしょうが。

同時に、男を立てるという言い方がございますね。体裁をつくろうということじゃなくて、道連れとしてちょっと前に置く、その方が女は楽です。どう言ったらいいんでしょうかねえ、盾として立ってもらう。男の人たちはそれでふるい立つところがありますから。そこはとてもいい形のバランスができていた感じでした。そのような形での関係もですねえ、生き生きと営まれていたんじゃないか。とくに漁師さんなんかは、夫婦で仕事がなりたっておりますから。

島尾　石牟礼さんのおっしゃるいい形のバランスということは大切なことですね。家庭内での夫婦、長幼の序を大切にすることが、近ごろはかなり希薄になったように思えます。以前はおのおのがおのれの分をよくわきまえておりましたから、子どもが親に暴力を振るうなどというような大それたことは、思いもおよばないことでした。

もろもろのことは、時代の中の社会現象と申すものでございましょうか。今の時代のことは、私には不思議にさえ思えることが多うございます。家族間の愛のきずなが深く結ばれていましたら、おのずとそれぞれの分に応じた、家庭内での在り方が定まってくるように思えますけれども。

石牟礼　このただならぬ競争社会で、競争社会はなくならないでしょうから、そこで働いていかなきゃならないというのは、男の人たちはどんなにたいへんでしょうか。男女同権と言いますけれど、とてもじゃありませんが、そういうところに出ていって、男たちと競争なんか、考えただけでくたびれてしまいます。

島尾　私もそのように思います。私は女に生まれてよかったと思います。男の方々はとても大変でいらっしゃるとつくづく思います。

石牟礼　とんでもない世界に、男は引き出されていくんだなあと思います。あんなところに男と並ぶことを意識してですねえ、私タフではないので出てゆけない……。一人でぼうとしてて、それが仕事になるのがいいです。

島尾　私は神様から女性としてこの世に誕生させていただいてとてもありがたいと思っています、と常々に夫に申しておりました。「男性は外では七人の敵がある」と申しますから、その言葉を思いますたびに、夫に対して心から「ご苦労さまでございます」と頭《こうべ》を垂れる思いがいたしました。

多くの男性の方々が、社会にお出になっては、七人の敵に囲まれる思いの中で、毎日並々ならぬ努力を続けてくださって、現在の社会の繁栄を支え、家庭の中では、家長としての家族への責任と、つとめを果たしていらっしゃるのは、とてもたいへんなことだと思います。家長などと申しまして、私は古い思想をあらわにいたしておりますが、しかし今日でもだんなさまとか、ご主人さまとかの日常語がありますように、夫は一家の長の役割を双肩に担う、家の大本でございますから、家族にとってはこの上ない大切な人と申せましょう。私は二人の子どもにいつもそのことを話して、父親への尊敬と感謝の念を深めるようにと、教えてまいりました。

それぞれの家庭には、それぞれの考えや生活が多様に存在しますことを十分に心得てはおりますけれども、私の家庭でのささやかな日常を基にして申しますと、夫の肩にかかっている多くの責務に比べて、妻の私はなんと安易な日々を送り迎えていることでしょうと、夫に申し訳ない思いをいたしておりました。もとより家事の万端はつとめておりましても、専業主婦とは楽な日常だと思わずにはいられませんでした。

石牟礼　一軒の家の中に庇護されて、まあ何とか家事をこなして。

島尾　家事さえきちんと果たしていたらよろしいのですから。掃除と洗濯、子どもの教育、そういうことをしているだけでよろしいのですし、外からの風はみんな夫が引き受けて、庇護してくれますから、何の心配もございません。

石牟礼　いまのように楽しててほんとうにいいものでしょうかねえ。

ほんとうの豊かさとは

島尾　共働きをなさる理由が、それぞれのご家庭でおありかもしれませんけれども、私自身は共働きをいたしますよりは、家庭で夫や子供のために尽くして、収入というものは夫に稼いでもらいたいと考えていました。ぜいたくはできなくても、夫が働いて得た収入で満足して、一生懸命家事に励みたいと願ってまいりました。今の方々の共働きは収入のためばかりでもないでしょうが、目的はどのへんにあるのでございましょう。

石牟礼　まあ女が働かないと、生活が立っていかないという場合ももちろんあると思います。それで私も長年やってきたんですが……。今の時代は、より良い生活というのが、お金だけがどうも基準としてございますね。経済的な意味の豊かさが人間の生活だとみんな思うようになると、空しいフィクションの中で生きてるんじゃないか、貧しくなったほうがいいんじゃないかと思いますねえ。その方が人間の実質が生きてくる気がいたします。私は戦時中の生活を体験してますもので、そう思うのでしょうか。

島尾　私も戦時中に生きてまいりましたからかもしれませんけれども、自己抑制と申しますか、いつも足ることを知るということになれてしまいまして、余分なことをあまり望みませんし、物質的な豊かさを追うのは好きになれません。とは申しますものの、家の中にはついつい物があふれてしまいます。おのれをかえりみて恥じ入るばかりでございます。

――自己抑制力がないと言うと、今の世の中ではなんという反動的な発言をするんだというような風潮がありますね。抑制力がないと発散する喜びもないと、僕は思うんですが。

島尾　それが、子どもたちに、非常に強い影響を与えているのではないでしょうか。子どもがときどきたいへんなことをしますでしょう。平気でお友達にひどいことをしましたり、気に入らないとすぐにナイフを振り回したりとかいうことがございますでしょう。ひところ、夫のパンツを箸で挟むということがございましたね、新聞やテレビでも取り上げていましたけれども、そのようなことをする妻の気持ちは私には理解ができません。

石牟礼　はあッ？

島尾　夫の下着を手でさわらないで、箸で挟んで洗濯機に入れて、夫の下着だけを区別して洗うそうでございます。

石牟礼　それはよっぽど、だんなさまを嫌ってるんでしょう。

島尾　ご主人を愛していないからでしょうか。自分の家族の肌着を箸でつまむなんてどうしてでしょう。ご主人をよほど嫌悪しているのでしょうか。新聞やテレビでだいぶ騒いでいたように思います。

石牟礼　それははじめてうかがいます。そういうことが流行《はや》ってるんでございますか。

島尾　そういう女性もいるということでございましょう。ご主人の肌着を手でさわるのもいやで箸で挟んで洗濯機に入れるなどということは、心の深いひずみがなせるわざでしょうか、私には奇妙なことのように思えてなりません。

石牟礼　それは一種の社会病理現象でしょうかねえ。そういう人、増えてるわけでしょうか。昔から家を守りながらも、夫を嫌いで嫌いで、一生別れることばかり考えていたというお婆ちゃんたちもいたのですが、今はそういう形になっているのですね。家の解体がすすんでおりますし。

島尾　朝シャンとかが流行していると聞きますが、そのようなこともやはり普通の状態とはいえないような気がいたします。すぐに何々ブームとか、とかく日本人は付和雷同に陥りやすいのでしょうか。要するにそのような現象は自分の意思をはっきり持つことができないのでついつい右に寄り、左に傾きということになってしまうからでしょう。自己をしっかり持って、背筋を伸ばして正面を見すえていましたら、巷のことに右往左往することなど、ないような気がします。

先日訪問販売の人が参りまして「隣のお家ではお買いになりましたから、お宅でも買って下さい」と申しましたので「お隣でお買いになったことと、うちとは何のかかわりもありませんから、私は買いません」と申しましたら、けげんな顔で帰りました。

石牟礼　女の人たちは、一斉に高等教育でもありませんが大学に入らされて、当世流のしゃべり言葉をなまはんかに覚えて、ほんとうに自分の内面に必要じゃないこと、上べの言葉だけを覚えますよね。それはたいして女の人のためにならないと思うのですが。男の子もそうですけど、ほんとうに学問をしたい人は、どんな逆境にあっても自分一人でも勉強するんですよねえ。

ですから要らない勉強のし過ぎで男の人としゃべることが、平等みたいにかん違いしてきて……。女権というのもまあ、最初に言い出したときは、自分の気持ちの中に痛切な内発性があって、言わずにおれなかったのでしょうけど、それに付和雷同してゆくうち、ある勢力だと自分らのことをかん違いしてくるようになって、まあそれもいずれ、うたかたのように消えていくんだと思いますけど……。どうも、男に伍してものを言ってゆこう、あるいは肩を並べてキャリアウーマンになるなんて、やってても疲れてくるんではないでしょうか。
男尊女卑というより、女性の姿のとり方が、南島あたりに原型としてある気がいたしますけれど。イザイホーなどの神事の司祭などつとめている女性を見ますと。でも今の社会人として、男性以上に立派にやれる方もいらしてびっくりいたします。

島尾　すぐれて適していらっしゃる方はよろしいでしょうけれども。

石牟礼　そちらの方に向く能力も才能も耕されてきておりますから。体力も、女は産むということを考えれば、本来強いのかもしれません。しかし、あんなふうにやってたら、きつかろうとつい思って。自分が不甲斐なくてくたびれてしまいますもので。それぞれの特質が同一ということでなくて、花ひらくようによび合って成立する関係がのぞましいのでしょうけれども。

島尾　夫婦のことは申すまでもございませんが、昔はもっとふれあいが深うございましたね。家族のふれあいでも、近隣とのふれあいでも、しみじみとした深い思いがこもっておりました。

このごろは人間同士の関係が希薄になったように思えます。家族でもみんな個室を持って、個室にこもってしまいますし、子どもは子ども部屋にこもってしまいます。子どもが鍵をかけて親を部屋に入れないなどと聞きますと、親として、子に対して毅然とした態度をとるだけの心構えを持つことができない、そのような親の方にこそ考えるべきところがあるのではないかと、思えてなりません。

血肉としての信仰

二度の結婚式

――島尾さんの家はもともとカトリックだったんですか。

島尾　島尾家は浄土宗でございますが、私は生後一週間で幼児洗礼を受けております。

――出口王仁三郎*さんには、単に親戚の人がいたから会いに行かれたのですか。

島尾　いとこに熱心な大本教の信者がいまして、そのいとこに連れられてまいりました。私自身は子どもでございましたから、大本教のことは何もわからないままにうかがいまして、出口王仁三郎さまに手をにぎっていただき、だるまの描かれた赤い短冊を、お手渡しでちょうだいいたしました。

島尾は小学校のころ、プロテスタントの日曜学校へ通っていましたそうですので、キリスト教に関しましては、それはどの違和感は覚えなかったのかもしれません。ただカトリックの神父さまから受洗*のおすすめをいただきましたと

＊出口王仁三郎　一八七一～一九四八年。宗教家。一九〇〇年に大本教開祖出口ナオの婿養子となり、大本教の布教に尽力。不敬罪・治安維持法違反で一九二一年と三五年に弾圧された。

＊島尾敏雄氏は昭和三十一年十二月、名瀬市の教会で受洗した。

きには、島尾は一年ぐらいの教理勉強では、とても受洗までにはいたっていない、と考えたのでございましょう。もっと教理勉強を重ねた上で洗礼は受けたいと申し上げました。しかしアメリカ人の神父さまは「あなたはもう十分です、もっとたくさんの勉強は信者になってから続けてください」とおっしゃいましたので、そのお言葉に従ったようでございます。

島尾が洗礼を授けていただきましたから、カトリックの信者としての結婚式をいたさねばなりませんので、名瀬市の聖心《みこころ》教会で改めて結婚式をいたしました。

――結婚式はすでにあげておられますよね。

島尾　はい、昭和二十一年三月十日に、島尾と私は神戸市の六甲花壇という結婚式場で結婚式をいたしました。汽車も電車も不通になった大雪の日でございました。

日本国中のほとんどの街が戦災で焦土と化し、人々は家を失い、家族を失い、国をあげて敗戦直後の混乱のさなかでございましたが、幸いなことには、島尾の家のございます神戸六甲の界隈は戦災を免れて、父と妹も無事でございました。そのような大変なときでしたけれども、親心と申すのでございましょうか、島尾の父は「島尾家の長男としての、威儀に適った結婚式をあげさせたい」と申しまして、結婚衣装や寝具等も、金沢の加賀友禅処に頼んであつらえたり、その他いろいろ準備をしますのに、三カ月近くもかかりまして、結婚式まで私は京都の身内のところで世話になりました。その間に仲人をたててのしきたりにそった結納の取り交わしなどをいたしました。そして島尾家は仏教、私はカトリック教徒ということで、島尾の父と、私と同じくカトリック教徒の身内が対立しまして、島尾と私はつらい思いをしたりもいたしました。

　結婚式のときにあつらえました島尾の羽二重の三枚重ねの紋服や袴などを虫干しの折に手に取りますと、あの大雪の日の結婚式のことがまのあたりに浮かんでまいります。

　結婚式には多くの方々が列席してくださいました。島尾の友人として海軍特攻隊時代の部下の藤井茂さん、大学時代の友人・*庄野潤三さん、それに詩人の*伊東静雄先生もおはこびくださいました。島尾の両親の故郷でございます福島県の相馬の親戚は、無蓋貨車に乗ったり、汽車の屋根の上に這うようにして乗ってきたなどと話していました。終戦直後のそのような混迷疲弊の時代でございました。

　神戸での結婚式は、神式にのっとっての式でございましたが、私がカトリック教徒でございましたので、京都三条のカトリック教会へ島尾と二人でまいり

＊庄野潤三　一九二一年生。小説家。『プールサイド小景』『静物』など。

＊伊東静雄　一九〇六～五三年。詩人。『わがひとに与ふる哀歌』『夏花』など。

まして、神父さまに次のようなお願いをいたしました。それは神戸で結婚式が行われているちょうど同じ時刻に、京都三条の教会の祭壇の前で、神父さまに島尾と私のためにお祈りをささげていただけませんでしょうか、というお願いでございました。それまでにも私は三条の教会へたびたびうかがって、神父さまからいろいろと教えをいただいていましたので、神父さまはこころよくお引き受けくださって、私たち二人に祝福を授けてくださいました。

この京都三条教会での神父さまのお取り計らいによって、島尾と私の結婚は、神さまのお許しをいただけたのでございますが、島尾がカトリック教徒になりましたので、改めてカトリック教会で結婚式をいたすことになりました。

その日はクリスマスの祝い日でしたので、教会には晴れ着の信者の方々が、老若男女たくさんいらっしゃって、華やいでいました。神さまのみ前での厳粛な式でございますから、島尾も私も頭《こうべ》を垂れて、敬虔な祈りをささげました。信者の皆様方から祝福もいただきました。

得度と法名

――石牟礼さんは得度《たくど》されているわけですか。
石牟礼　はあ、いたしております。なにかしら照れくさいのですけれど。
島尾　浄土真宗でいらっしゃいますか。
石牟礼　はい。真宗でございます。いやあ、あの、得度いたしましたの、ほんとうかなあという感じでございますが。
島尾　有髪のままで。
石牟礼　そうですね、はい。真宗は剃らなくていいんだそうでございます。まあ、剃ってもいいんでしょうけど、どうしても剃りたいという気持ちでもございませんで。あの幸い……。
私の実家も浄土真宗なんですね。うちは浄土真宗だから特別どうというようなことは、あまり言っておりませんでしたけれども、ひょっとして、隠れキリシタンもまじっていたんじゃないかという思いがありまして……。納戸《なんど》神さま、納戸仏さまってのがありますよね。納戸神さま、納戸仏さまという言葉はわが家でも母が使っておりまして、いざというときは、納戸の方にお位牌を置かにゃならんと申して、後で納戸仏っていうのが天草や生月島《いきつき》*あた

＊**生月島**　長崎県北部の離島。隠れキリシタンが多かった島。今は橋でつながり、平戸島と地続きになった。

りにあるのに気が付きまして、ひょっとしてそれらしき物が家にあるのかなあと思いまして、探しましたんですが、そんなものは見つかりませんのです。ですけど「わが本心というのを、いかなる場合にも、絶対人に言ってはいけない」って母がかねがね申しておりましたんです。「これは家の言い伝え」だと申しまして。

島尾　それは隠れキリシタンの教えかもしれませんですね。

石牟礼　はい、そうかもしれないなと思ってまして。けれども、父の方は「人間というものは、どういう時にも、本心で言わにゃならん」って言ってました。すると母は、またこっそり私を呼びまして、「あんね、ああいうふうに言わしたが、わが本心ちゅうのは、ひとさまにはけっしてあからさまにするものじゃなか」と、わざわざ念を押して言うんですよね。「これは家の言い伝えじゃけん」と。言い伝えの内容をもっとくわしく聞こうと思っているうちに亡くなってしまいましたけど。なんでそういうことを、念を入れて言ったのかなあと思いますね。声をひそめまして、重大そうに申してました。

島尾　納戸仏とおっしゃいますから、いざというときにはお隠しになったのでございましょう。得度なさったんでしたらお名前も。

石牟礼　名前はですね、ははあ。その前に、私はやっぱり、だんだんお経が好きになってまいりまして。水俣の患者さんたちの法要が毎年ございますから、お経をあげてくれっていわれますもので、ああどうせあげさせていただけるものなら、私もじゃあ、得度をいたしましてからあげた方がいいなあと思うようになりまして。

お世話になっていた今は亡き（熊本・真宗寺の）ご住職に「京都に行って、実は得度を受けたいんですけれども」って、ご相談申し上げましたんです。「そうですか、ちょっと儂《わし》にも考えさせてください」とおっしゃって、しばらくしたら「京都に行くのはやめなはりまっせ」とおっしゃいます。「本山で得度を受けるのは、金で買うのと同じようなもんですよ」って。もともとはそうではないのでしょうが、そのような世俗的な儀礼になっているとおっしゃりたかったのでしょうね。「ああたはお金のあんなさらんでしょうが。金のかかる、そういうことはやめなはりまっせ」っておっしゃいました。

「法名もくじ引きのようなもんですからね。いろいろ書いてあるのをくじで引いて、引くと法名が書いてあります。ああいう、安易なことはやめなはりまっせ」って。それでご住職はですね、「儂は死にましたなら院号というのはつけません。院号というのをみんなありがたがるが、あれもやっぱり金で買うたりするんです。寺の住職であれば法名のほかに、何々院というのをたいがいつけますがね。それを儂は絶対つけません」とおっしゃってました。

死んでからまで、ふつうの衆生より位を上に置きたいんですよね。それでご法名も院号をつけないで、ご自分でお決めになって、愚芳、釋愚芳とおつけになりました。

――それで、石牟礼さんは法名をもらわれた？

石牟礼　いえ、ご住職が「あなたは文学者じゃけん、ご自分で考えられたがよろしゅうございます。その方がよろしい」と言われまして。それで考えまして、「夢劫《むこう》」とつけました。そしましたら、ある友人が、「何を言うてもムコウ、あなたには、何を言っても無効ですな」って。向こう、と思った人もいらっしゃいます（笑い）。そんなことで、真宗寺で「儂が得度をしてさしあげます」とおっしゃってくださって、若い人たちがみんなでお経をあげてくれました。だからそのお寺でいたしましたんです。

島尾　たいへんなんでございましょう、得度式というのは。

石牟礼　どうなんでございましょうかねえ、本願寺に行けばねえ、どうなりますか。得度を受ける方々がたくさんおられるようでございます。まあ頭を剃ればたいへんでしょうけど。

亡くなったご住職との黙契みたいなものがございまして。得度いたしまししたことは、人に言うことでもございませんし、それにほんとうに考えつめてやったのかなあというのが、自分でも疑わしいようなところがございまして。今はお経が好きで、でも、いつこれをやめるかわからないなあと、ふっと思ったりすることもございます。

島尾　おやめになることはできませんでしょう、一度入信なさいましたら。

石牟礼　そんなことはないと思います。親鸞さんという人は非常に迷いの深いお人で、自分はなんにも悟れない人間だっておっしゃって、自力ではない、他力しかないというふうにおっしゃってるわけですから。

ですけれどまあ、そこには最高の学識に裏打ちされた思想が沈められてのことで、有名な「地獄は一定住み家ぞかし」というのは相当につきつめられた言葉で、教団化が進められてまいりますと、これもかざり言葉になりかねませず、世俗の底に生きる覚悟が要求される気がいたしますが、だからと申して、キリシタン流に言えば、転んでもいいということにはならないと思いますけど。

地獄の意味が多少キリスト教とは違う気もいたします。ただ、どう言えばいいのか、世の中でいちばん信じられないのは自分であるという気が私はしておりますもので。こうと決めましても、もうあしたはどう豹変するか、きょうという一日でも、朝こうと決めたことを、夕方はころっと気分が違ってきているということがよくあるんです。ミホさんはそういうことおありではございませんか。

島尾　私も迷います。島尾在世の折には何事も二人で相談をして事を決めてまいりましたし、自分自身の内面的な問題でも、その他の事でも、むずかしい問題は島尾に考えてもらいましたので、心の内で思い悩むことなどはございませんでしたけれども、今は思い迷うこともしばしばございます。

石牟礼　もう私はほんとうに迷う人間でございまして。もうだれを、何を信じるかと申しましても、まず自分が動じないというふうになりたいのですが、人さまにおすがりして信じたいとか、そういう前に、やっぱり、自分がいちばんあやふやといいますか、情けないことにそうですね。

島尾　私は思いあぐねます折には、まず島尾でしたらどうしましたでしょうと考えます。私の浅薄な考えでは思いを巡らせても、生前の島尾のそれには思いはおよびませんけれども、このようなときには、島尾でしたらどのように取り計らったでしょうと、すぐに思えてしまいます。

島尾が受洗いたしました折は、教理勉強を一年ぐらいしたときに、神父さまから洗礼のおすすめがございました。他の信者の方々も似たような手順ではございませんでしょうか。

――島尾さんは、聖書の中でも「マタイ伝」がお好きなようでしたね。

島尾　島尾はいつも聖書を机の上に置いてよく読んでおりました。勤務先の図書館の机の上にも常に置いておきまして、出勤して仕事を始めます前に、必ず聖書を読みましてから、仕事にかかるようにしていたようでございます。

ロザリオをいつもポケットに入れていまして、家で着替えますときも、まずロザリオを洋服のポケットから着物のたもとにすぐ移しておりました。ロザリオは常に肌身離さずという感じでございました。そしてポケットの中のロザリオに掌を当てていると、心が安まると申しておりましたし、家にいますときは「ロザリオの祈り」をよくしておりました。

毎日欠かさず、朝夕静かに祭壇の前に正座して、深いお祈りを続けておりました。その姿に接していますと、どうしてこういつも静慮な姿でいられるのでしょう、と私にはふしぎにさえ思えてまいりました。

先の第二次世界大戦でドイツ軍がポーランドへ侵攻したとき、聖職者ながらも国家と宗教をお護りになるためでしたのでしょう、抵抗運動の指導者として、ドイツ軍と戦ったポーランド人司祭で、ビクトールとおっしゃる神父さまが「島尾先生はカトリックの司祭になるために、神さまがこの世におつかわしになりましたのに、間違って結婚しました。カトリック教会は立派な司祭になる人を失いました。結婚はとても残念でした」とたびたびおっしゃいますので、そのたびに私は「申し訳ございません、私のために島尾が聖職者として神さまにお仕えできなくなってしまいまして」と小さくなっておりました。

家にいますときは島尾はほとんど書斎にこもっておりましたが、夜私がやすみます時は、私が眠りに入るまで、私のために声に出して聖書を読んでくれました。きのうはここまで読んだから、きょうはここからと、しおりを挟んでおりました。その当時はのんきに当然のように受けておりました深い思いやりを、今になりまして、島尾生前そのままに机の上にございます聖書を見ますたびに、思い出して涙をこぼしております。

雑念をしずめるお経

——石牟礼さん、先ほどだんだんお経が好きになってきたと言われましたが、どうしてでしょうか。

石牟礼　そうですね、お経をあげてるときはですね、ともかく雑念が追い出されるんです。

島尾　正信偈《しょうしんげ》や阿弥陀経の初めから終わりまでを全部おあげになるのですか。

石牟礼　ええ、そうでございますね。それから和讃《わさん》というのがございます。*声明《しょうみょう》のご本にまとめてございまして、順ぐりにやっていくんですけれど、お経をあげておりますと、その間は本当に雑念の湧いてくる余地がございませんのです。ともかく間違わないように、ついていくのがせいいっぱいでございまして。

島尾　全部暗唱していらっしゃいますか。

石牟礼　いいえ、とんでもありません。よく間違えます。私、暗唱力がないんです。もう、たくさん似たような文言がありますから、前の行とうしろの行がくっついてしまいましたり、はい。やっぱりお経は読むと申しますから、経本を手にしていたほうがいいんだそうでございます。

島尾　私もお経が大好きでございます。阿弥陀経に執持名號《しゅうじみょうごう》、若《にゃく》一日、若二日……若七日、一心不乱と続きますのを、お経の先生が若一日、若二日……若七日、若八日、一心不乱とおっしゃったものですから、私がまねて若七日、若八日、若九日などと冗談に申しておりました。

東京の高等女学校にいましたころ、五年間仏教とお経について勉強いたしま

*声明　日本仏教の儀式・法要などで僧が唱える声楽の総称。

した。毎年寒中の早朝に行われます寒行なども五年間欠かさずに勤めましたけれども、仏教への理解はほど遠いものでございました。その間に宗教学者の高*嶋米峰先生の講義を拝聴したこともございました。お着物の上に袴をお召しのお姿が、今もなつかしゅうございます。

かえりみますと、私の通ってまいりました、ささやかな人生の道すがらにおきましても、多くの方々との温かな心の触れ合いの中での、会者定離《えしゃじょうり》の繰り返しでございましたことを、心から感謝いたさずにはいられません。仏教の教えは十分な理解もおよばないままに、歳月の流れの中で、その多くは忘却の淵に沈んでしまいましたけれども、五年間お経の勉強をいたしましたので、今でも私はお経をあげますのは上手でございますのよ。（笑い）その当時私は十二礼、正信偈、阿弥陀経などを全部暗唱いたしておりました。

石牟礼　私の場合、特に好きなものに出会ったというんじゃございませんで、仕事場を探していたときにお寺の人が見えまして、お寺に連れてゆかれましたものですから。まあ水俣のことでもいろいろ迷ってまして、ひとりの時間を持って静かに考え直したいけど、このまんま運動みたいなものの現場に身をさらしているのは似合わないと思いつづけてまして、ほんとうは何をしたいんだろうと、少し時間をつくってですね、ひっそりとなりたいなあ、と。

***高嶋米峰**　一八七五〜一九四九年。仏教運動家。一八九九年、仏教清徒同志会（のちの新仏教徒同志会）を結成。禁酒・禁煙・廃娼運動を進めた。

運動のようなのは集団でございますから、私はじめ、一人の人間でさえも病気を抱えておりますでしょう。集団になりますと、病気がいろいろいっぱいありましてねえ。そういうのにとても弱いのですね。それでもう、これじゃ私どうかなってしまいそうって思いまして。あのう、そういう時期だったものですから、お寺に連れてゆかれましたのが。

それで、お寺に入ってみましたら、お経がございまして、ふつうに何気なく聞いてるお経なんですけれども、そのお寺にいた人たちというのが、まあ、行き場のない若い人たちで、ふつうにいえばずっこけ少年、少女たちばっかりでして。いわゆる非行少年、少女たち。暴走族とかシンナーを吸っていて少年院送りになりそうになっているとか、自殺願望の子たちとかですね。今の世の中に適応できないで、うろうろ、ひょろひょろしたあげくに、縁があってお寺に流れ着いて、中には水俣のデモに来ていたり。水俣のことをやろうと思って来たんじゃなくて、あのうもうろうと歩いててふらっとデモの中に入ってきたみたいな、そういう人もおりましたね。

その人たちの中におりますと、なんだかふしぎに休まりましてね、じつに仲良くなりまして、面倒みてもらうようになりました、その人たちに。大人たちの集団というか、運動めいたものは、タテマエを言わなきゃなりませんし、タテマエの傲慢さがどうしても出てまいりますので、自分を最低のところにおきまして、その人たちとお経をあげていると、休まるのかもしれませんねえ。お寺さんが何の偏見もなく、寺全体で受け入れておられまして、ほんとうはうぶな、素質のよい若者たちなんですよ、とっても。

島尾　純粋だからそうなるのかもしれませんね。

石牟礼　はい。とっても純粋なものですから、今の世の中にどうしても適応できないのですね。家庭のあり方にも適応しないで、死に場所を求めてくるような子たちで、ほんとうに無垢な素質を持っておりますね。そういう子たちに取り囲まれることになりまして、逆に面倒みてくれるんです。私だいぶおかしゅうございますから、見てると楽しいんだそうでして、私のこと笑います。

――自分たちよりおかしいと。

石牟礼　そうなんですよね、きっと。

――私もときどきお寺に行ってお経をあげるんですが、お経っていいですよね。特にお東*の方は調子がよくて、外海みたいな感じがするんです。

石牟礼　勢いがありましてですね。歯切れがいいというか。

島尾　十二礼などは音楽のような気がいたします。唱和が合唱のように思えました。

***お東**　東本願寺（大谷派本願寺）の敬称。

島尾は小説にはっきりカトリックの信者というのは出したくない、僕の小説を読んでもらえばわかるでしょうから、と申しておりました。表面に信者ということを出したくないようでございました。すべてのことで表面に出すことを嫌いました。とにかくあらわにすることをとっても嫌いな人でございましたから。

石牟礼　照れておられるでもなくて、もっと本質的に島尾さんの中には、静謐な知性がおありですよね。

島尾　何事につけましても控えめにしたいという性格でございました。

石牟礼　対象に向かわれるときも、思いをずうっとくぐらせて、それとなくそれとなくというのも出さないような表現への配慮がつねにおありのようですね。あそこがすごいですねえ。

宗教以前の世界

——宗教以前の世界と言いますが、お二人とも習俗の神、土俗の神について非常にお詳しいわけですが、そういうものの中にみる信仰心についてはいかがですか。

島尾　民俗信仰について申しますと、私の故郷の加計呂麻島では、先の第二次世界大戦のころまでは、祭事や年中行事は古いしきたりのままに、日々の暮らしの中に生きておりましたので、人々は生まれながらにして祖先から受けいただいた遺伝質さながらに、自分が意識するしないにかかわらず、その身の血肉のなかにすでに存在してでもいたかのように感じていたのではないでしょうか。周囲を見回しましても、神聖な場所がいろいろございますし、聚落の人々は祭事や年中行事を熱心に行っていました。

民俗的な諸種の事柄は、宗教以前の世界のようにさえ私には思えます。石牟礼さんはご自分の信仰や、民俗的なことに関しましては、いかがでいらっしゃいますか。

石牟礼　私も全くミホさんと似た気持ちかと思いますが、教団的な宗教以前の、何かを拝む、あるいは祈らずにはいられない、というような土俗信仰の方が、本来じぶんのもので、そこでは世界が一つになると感ぜられまして、私は、そちらの方で生まれて、そこで育って、帰ってゆくのだという気がするのですね。

浄土真宗とか親鸞さんとか申しましても、ちょっと借りてきたような感じもございましてね、いつも、もとの原郷というものを意識しておりますもので、そこから浮世の成りゆきでそちらさまにお世話になっていることでございますし。聞きかじったことを言ったりいたしますけれど、やっぱりほんとうの心の内は、元の土俗的な世界で成り立っているのではないでしょうか。そこからちょっと仮のつとめを果たしに行っているというか、そんな気がどうもいたします。土俗の世界と申しますのは、日本人の宗教心というものの、やっぱり母層というか、母なるところという気がしてなりません。日本人の宗教心が深く埋没しているところではないでしょうか。そこから形のあるものがなんでも出てくるのではないでしょうか。

生きている間、お経をあげますときはどういう姿で行ったらいいか、先ほども申しましたように、浮世での姿のとり方というのがございますけれども、衣を着せていただくために、得度をさせていただいて、ほんとうは、私はやっぱり、理屈もなんにも考えずに、ただ祈る人たちの世界にいるのだと、そういう、もうなんにもわからないけれども、ともかく祈る、ただもうそうせずにはいられない、そういう人たちのところへ帰って同化するんだという気持ちがいつもございますねえ。祖先といいますか、自分はどこから来たのか、そこから来る声を聞きたい、呼びかけたい気がいたしますよね。
島尾　そのお気持ちこそがまことの祈る心、祈る姿でございましょう。
石牟礼　お経は邪魔な意識というものを取り去りたいといえばよろしいのでしょうか。どういいましても近代人ですから、雑念いっぱいでございまして、分裂した近代人だものですから。いらないものをいろいろくっつけておりますでしょう。そういう近代的な自我が、とってもいやだという気持ちがやっぱりございます。そういう、近代の呪縛からどうしても自分を振りほどくことができませんもので。土俗的な、民間の世界が、父母のくにだというのは心にありながら、近代人的な意識もずっと絡まってまいりますから、振りほどきたいというのがあるんですが、それを意味づけようとすれば非常に恥ずかしい感じでして。
——石牟礼さんの句で「祈るべき天と思えど天の病む」というのを思い出しました。
島尾　深々と胸奥に響く句でございますね。

海山の精との交響

――宗教以前の世界の方が深いということで思い出しましたが、ルリカケスの話なども、深い思いで呼びかけないといけない。深く聞く、耳をすます、深く呼びかける、あるいは深く受けとるという感受性について聞かせてください。

石牟礼　私はもう聞きもらしてばっかりですけれども。(笑い)

島尾　私も日常生活の忙しさのなかに取り囲まれている間は、聞きもらしてばかりでございます。でも静かな時を持てます折は、対象にじっと心を傾けることがございます。人それぞれの個性の感受もさりながら、何と申しましても深く心をこめるということは大切なのかもしれません。

私の家の庭に、毎年一羽だけで飛来します渡り鳥のヒレンジャク(緋連雀)とのつきあいにも、互いの深い心の通いを、しみじみと私は感じます。そのヒレンジャクは、島尾が亡くなりました直後の、昭和六十一年十一月半ばのころ飛来しまして、翌年の夫の誕生日の四月十八日に帰って行きました。

ヒレンジャクは渡り鳥でしょうから、群れているはずでございますし、実際に他の場所ではたくさん群れていますのに、なぜか一羽だけどこへも行かずに、ずっと庭の芝生の上で遊んでいるのでございます。そしてその時以来、毎年十一月半ばから翌年の四月十八日ごろまで、庭の芝生で越冬しております。私が見つめましても動かずにじっと私を見てくれますので、私は胸がこみあげてまいりまして涙がこぼれます。

尾羽と風切り羽が紅色をしたこの美しい渡り鳥は、悲しみの中にいます私をなぐさめるために島尾が遣わしてくれているように私には思えてなりません。これをしも有縁と申すのでございましょうか。このヒレンジャクについては、信じがたいほどの不思議な事柄がいろいろ付帯しています。ヒレンジャクが庭から立ち去りました後、私は空へただただ目を向けて、海を越えて遠い北国へ帰っていくその長い旅路の無事をひたすらに祈っております。

奄美の名瀬市に住んでいましたころ、夫が海を越えて鹿児島や東京へまいりました後、私はその旅行中の無事を祈って、真夜中から夜明けまで海辺に立ちつくすことがしばしばありました。夜の海に向かって深く祈ることによって、海を隔てたはるかな地にある夫へ、祈りが届くように思えたからなのでございます。

真夜中の独り歩きは危険だからやめるようにと、夫は申していましたけれども、奄美におりました二十年近く、習慣ででもあるかのように、夫の旅行中は、夜の海に祈ることを私は続けてまいりました。月夜の空の雲の流れは美しく、さまざまな思いを誘い、また夜の海からは不思議な音響なども聞こえてくるものでございますね。

夜の闇が降りた海では、海風の響きも怖い音に聞こえ、真昼の明るい海では、同じ海風の音でもさわやかで楽しく聞こえるのではないでしょうか。

私は戦時中加計呂麻島の海辺で、いろいろな海の音を聞きました。海のささやきと申しますか、海のかなでるさまざまな音響は、海のおもてを渡る風の音や、岩に砕け散る波の音、そして岬の松籟《しょうらい》などの響き合う音でしょうとは思いますけれども、目の前に手をかざされても見えない暗黒の闇夜では、とても不思議な音響となって、聞く者に恐怖を与えてしまいます。あたりの状況が全く見えない暗闇の海辺に立っていますのは、それだけでも恐ろしゅうございますから、平静な判断を下す心の余裕がございませんので、何もかもあやしげなものに聞こえてしまうのでございましょう。

風の強い闇夜の海では、魔妖なもののうなり声のような、またたくさんの幽霊船の船底を波がたたくようなおどろおどろしい音のようにさえ聞こえてまいります。

月のきれいな真夜中の浜辺で、私はとても奇妙な音を聞いたことがございます。沖の方から海風に乗って小さく細く何かをたたく音が伝わってまいりました。その弱々しくさびしげな音は妙に胸をしめつけるようにもの悲しく、遠くなり、近くなり、かなり長い時間続いておりましたが、あれは何の音だったのでしょう。

恐怖と神秘に包まれた夜の海に比べて、真昼の海は明るく輝き、海風や松籟の響きはさわやかで、寄せ引く波の音も快く胸に伝わってまいります。そしてなぎさを走る千鳥の声が聞こえたりしますと、うれしくさえなってまいります。

――水俣の海辺にも千鳥がたくさんいますでしょうか。

石牟礼　はい、いろいろたくさんおります。ほんとうに朝の鳥の声というのは、世界のすみずみが明けてゆきますのを、この世でもっとも可憐なものたちがうたいあげるような声でございますよね。そういう声と、びっくりしたときの声とか、仲間に危険を知らせているときの声ってそれぞれ違いますよねえ。ことにもうミホさんがそこに立たれると万象は意味をあたえられて、奥深くなるんではないでしょうか。ルリカケスとお話していらっしゃるときの鳥の声はさぞ楽しげな声だったろうと思ってお聞きいたしました。

島尾　ルリカケスとの触れ合いは楽しゅうございました。早暁の小鳥たちのさえずりはにぎやかですね。私は名瀬市小俣町に住んでいましたころは、小鳥たちの朝の饗宴にあずかりたくて、朝早く近くの山へ夫と一緒によく登りました。朝露が草の葉に宿るうちは、ハブの危険がかなりございますので、怖い思いもいたしましたけれども、小鳥たちのうれしそうなさえずりを聞いていますうちに、私たちも一緒に参加しているような、楽しい気分になってまいりました。

小俣町の家は夜になりますと、庭の木々の茂みでフクロウがよく啼いていました。私は子どものころフクロウは不吉な鳥と教えられていましたので、フクロウのなき声は恐ろしゅうございますのに、夫はフクロウの声を聞いていると心が休まると申しておりました。受ける側の心のありようで、海や山での音も、鳥の啼き声もそれぞれの趣を誘うのでございましょう。

石牟礼　私、山に行かないでいるとほんとうに呼吸困難になる感じがいたしまして。あのうほんとうにこう、ぎゅうっと胸が小さくなって呼吸するところがだんだん、肺だかなんだか、ともかく息が開かないんです。吸えないというか、吐き出せないという感じになってきまして、それで、もうこれはいかん、もうこれはだめ、行かないとだめだと思いまして……。

島尾　山へいらっしゃるんですか。

石牟礼　はい。山にまいります。

島尾　やっぱり私は海のそばで育ちましたので海へまいります。

石牟礼　海にも行きたいんですけれど、水俣に帰りますと錯乱いたしますから。（笑い）もうほんとうに海に通って雲の動きに見とれまして、おかしかぞあの子はって、よく言われていたような少女だったのですけれども。月が出ると海にまいりまして、よく怖くなかったと思いますけど。海につながってすぐ山があるんです。険しい山ではございませんで、まあウサギの子か猿の子と同じだったかもしれません。潮が引くとずうっと潮を追って沖の方に行くんです。満ちてくると山に登りまして、山の中を歩いて、もう山と海の境がどこやら見分けがつかないんですが、しょっちゅう一人遊びをしておりました。

島尾　おいくつぐらいのときでいらっしゃいますか。

石牟礼　もう五つか六つぐらいから、一人で、はい。ずうっと海岸線を遠くまで一人で行くんですよね。どんなにして遊んでたか、たぶん親は知らないんです。トントン村に移る前も、祖父と父がその海岸の先に温泉を開くというので、そちらの方に仕事場がございまして、行き来に連れてゆくのですね。母たちが職人さんたちをまかなうようなことをしているすきに抜け出しまして、ずっと海に行って遊んでました。のちに家が海岸寄りになりましてから、二十代の半ばぐらいまでずうっとそうして、一人で石蕗《つわぶき》をとりましたり、貝をとったり、歌をうたってたり、実に楽しく、山に出入りしておりました。

島尾　お小さいときから。

石牟礼　はい、小さいときからでございます。

島尾　私も小さいころは、お友達と海や山で遊んでいました。海へ行きますのでも山へまいりますのも、いつもみんな一緒に連れだってまいりました。奄美にはハブがいますので、山よりも海へ行くのが多うございました。

石牟礼　海と山との境は潮の満ち引きする潮位線なんです。水俣の海も家のすぐそばですし、今も海に行きたいのですけれど、でも、海岸を巡りましても、もう惨憺たる姿ですから、ほんとうに錯乱いたしますので、なるだけ山の方へ行くんです。海に向いて立って回復するということはありません。このあたりの海を見まして、反射的に水俣を思い出しました。

島尾　水俣の海は皆さん、つらい思いをなさいましたから。

石牟礼　ええ、今でもあそこの海は回復しておりませんし、まだ患者さんも救済されません。ですから山へまいりますとほんとうに、山は抱きとってくれるところでございますね。

島尾　水俣の海のこと、水俣の皆さまのことをおしのびしますと胸が痛みます。私の故郷の加計呂麻島の周囲の海はまだきれいでございますので、海辺に立ちますと心が安らぎます。ことに呑之浦《ぬんみゆら》の入江へまいりますと、ふるさとの懐に抱かれる思いに包まれます。

石牟礼　ようございますねえ。呼び合っている感じが、交響しあうといえばいいのでしょうか、呼び合っている感じがいたしますね。夕方などにごおーっと風が鳴ってきたりしますと、ああ、山が呼びよるという気がいたしまして、ああ行かなくちゃと思うんですよね。それで山の呼び声に、もう体がずうーんとしてきて、もう行かないではいられません。ぼーっとしてても耳だけは澄ましていて、呼び声を聞いてる気が、いつもしてますね。それで、風がごおーっと吹いてくる日はとっても好きです。

島尾　山は風の強い日は鳴りますから。

石牟礼　鳴ります。もうそこへ行きますと、木々が手というか枝をいっせいに上げておりますから。海辺の篠竹などが真横になってるのなんかとても好きですね。

島尾　椎の木の葉が風を受けてひるがえるのもとても美しゅうございます。

石牟礼　葉裏がずうっと風の行く手に向かってひるがえってゆきますよね。

島尾　緑の葉が風を受けて白い葉裏を見せて、白い波のうねりのように動いていきますのは、とてもきれいでございますね。

石牟礼　はあほんとうに。あれを見ておりますと、私はむかし木であったというふうにやっぱり思ったりいたします。（笑い）私、来ましたっていう感じで。どう言えばよいのか、友達よりももっと近い感じです。海から来ましたって軀《からだ》がいうんですよ。あの海からずうっと上がって山に、私、海から来ましたという感じです。それで石垣島ではじめて見ましたヒルギの苗の床を、ほんとうにかわいい苗だと、渚の中に芽がですね、一面に根づいているのを見ましたとき、いとおしいというか、ああ私も元は、こんなふうに生えてたのかっていう感じがいたしました。

書き残していること

未完の絶筆を書き継ぐ

——お二人の今後のお仕事のことを教えてください。

島尾　果たさなければならないことがたくさんございまして、どれを先にいたしましたらよろしいやらと、いつも思い悩むばかりでございますが、まず島尾の未完の作品『(復員)国敗れて』*のことをずっと考えております。この小説は亡くなります直前まで書きすすめておりましたが、突然の他界で未完の絶筆となってしまいました。島尾の特攻隊体験を題材にした作品で、『出孤島記』『出発は遂に訪れず』『その夏の今は』『(復員)国敗れて』は四部作になっていまして、この四部作の完成によって連作長編の形を成し、起承転結を全うすることになるのですが、残念なことには『(復員)国敗れて』は未完となってしまいましたので、できますならばその未完を私の筆で補えないものかと、ずっと考えてまいりました。

『(復員)国敗れて』という題にいたしましても、机の上に置かれた原稿用紙

＊**『(復員)国敗れて』** 島尾敏雄の未完の絶筆。「群像」一九八七年一月号に発表。

に「復員」「国敗れて」と二つ並べて書いてございました。多分最後にどちらかに決める考えでおりましたのでしょう。その後絶筆として雑誌「群像」に発表いたしますとき、もう島尾に尋ねるすべもございませんので、私は思い迷いました末に、その二つの題をそのまま清書しまして、講談社へ発送しました。そしてその後ずっとこの作品の完結への努力をしてまいりました。しかし道ははるかに遠く、いまさらに夫のことをしのび、自分の力のいたらなさを嘆くのみでございます。

――単行本『震洋発進』*でしたが、後ろの方でミホさんが書いてらっしゃいますよね。読ませていただいて、あれは島尾さんの文章とミホさんの文章の、ずれみたいなものが少しなくなってきているのかなあと思いました。

島尾　そのようにおっしゃっていただきますと、うれしゅうございます。しかし、現実はほど遠く、思いのみが先走ります。島尾の作品のほとんどを私は清書してまいりましたから、自分の中に何かは納め得たかも知れませんけれども、自分ではそれが全くわかりません。島尾の文章は削って中の芯だけにしてしまいますような文章でございますが、私は反対にあれもこれもと書き加えてしまいます。

『(復員) 国敗れて』の完結のために、島尾の文章世界を学びたいと思ってい

*『震洋発進』 島尾敏雄の遺作集。震洋隊基地を訪ねる旅をもとに特攻の生と死を追った連作集。一九八七年、潮出版社刊。

ますが、たとえ夫の文章でも、それぞれでございますので、自分の中に納め入れますのは、なかなかむずかしゅうございます。島尾生前に「文章の書き方を教えて下さい」と私が申しますと、「文章は教えられるものではありません」と島尾が申していましたことなどが今一人で途方にくれますたびにしのばれてなりません。

自分の世界について書くことはやめまして、これからは私は私なりに島尾について書き残しておくことができましたらと、念じております。

この対談でも、臆面もなくと申しましょうか、自分でもお恥ずかしいぐらいにせんないことをあれこれと申し上げてしまいましたけれども、それは一人の芸術家島尾敏雄の、作品を通してではない、ありのままの姿をいくぶんなりともお伝えすることができましたら、という考えが根のところにございまして、ついつい日常のことまでをるるお話しいたしてしまいました。このようなことを申し上げますこともまたずいぶんと手前勝手ではございますけれども。

『苦海浄土』の完結を

石牟礼　私も未完のものが一つあるんです。それはあんまりつらくて長い間中断してますけど。それを書く準備、少しずつしてるんですが、それとは別に、まだ書き上がらないでいる小説が一つありまして、それはやっぱり家のことなんですけど、またまた気の違った人がどうしても出てくるんです。少しフィクションの形にして、それを書きかけてるところでございまして。今年じゅうに書き上げるつもりですけどなかなか。

来年の半ばぐらいまでにはその『苦海浄土』*の書きかけを上げるつもりです。第三部を先に書いてしまったもので、第二部になりますね。もうそれで、水俣のことは一字も書くまいと思ってます。

それともう一つ、島原の乱*を、今申しましたような土俗的な信仰の力みたいなのを書くつもりでおります。たまたま、あれはキリシタンのかたちをとっておりますけど、そうじゃなくて、あんなにねえ、ふつうの百姓漁師が全部死んでしまうなんて、あんなふうに殉教してしまうなんていったい何だったろうと思いまして。天草の人たちというのは私のそんなに遠くはないご先祖たちですので、それを書こうと思って準備しております。まだ、いろいろ、ほかにもあ

＊**『苦海浄土』**　石牟礼道子著（一九六九年、講談社刊、現在は講談社文庫）。水俣病患者の受苦を独特の文体で描いた作品。第一回大宅壮一ノンフィクション賞に選ばれたが受賞を辞退した。第二部を収録した『苦海浄土　全三部』（藤原書店）が二〇一六年に刊行されている。

＊**島原の乱**　この構想は『アニマの鳥』（筑摩書房）として一九九九年十一月刊行された。本書は、『完本春の城』（藤原書店）として二〇一七年に再刊されている。

るんですけど、とりあえず、具体的にとりかかってるのはそのくらいで。とても筆が遅うございますから私。

島尾　出版社との約束が私もたくさんございますけれども、まとまったことは何一つできてはおりません。もともと弱質の私は、島尾が他界へ去りまして後は、精神的にも肉体的にもすっかり弱ってしまいました。せめて島尾の日記*の整理を早く手がけなければと心がせきますし、それに島尾が旅行中の折りの、二人の往復書翰の雑誌連載へのお約束を早く果たさなければなりませんのに、思うにまかせません。

＊島尾の日記　ミホさんのもとには敏雄の少年時代から亡くなる一九八六年まで七〇年に及ぶ日記が残る。このうち一九四五年六～九月分が「加計呂麻島敗戦日記」、一九五四年十月～五五年十二月分が「『死の棘』日記」として活字化されている。

解説
ヤポネシアの海辺から

前山光則

1

この対談は、十一年前、鹿児島県吹上《ふきあげ》町吹上温泉のみどり荘という旅館に泊まり込んで行われたそうである。吹上町は東シナ海に面し、白砂青松という形容がぴったりする美しい吹上浜を有する。長々と続く浜は大海の荒波を受け、吸収して、独特の砂丘風景を形成している。対談の行われた旅館は浜から少し丘陵部の方へ入ったところにあるが、まことに恵まれた風光の中で対談が行われたのであり、しかもそこは話の中に出てくるように、「島尾敏雄が生前『死の棘』の最終章を執筆した」ところである。

それだから言うのではないが、島尾ミホ・石牟礼道子の両人には「海辺」はとても似合っていると思う。
島尾ミホさんは、鹿児島県大島郡瀬戸内町すなわち加計呂麻《かけろま》島の出身である。奄美大島のすぐ南隣り、大島海峡を挟んだ対岸の静かな入江にふるさとの村がある。父親の大平文一郎は琉球南山王の血を引き、日記を漢文で書くほどの高い教養の持ち主であった。ミホさんも当然父親の薫陶を受け、小さい頃から漢詩や和歌の世界に親しんだという。東京で女学校生活を送る頃には、歌人・小島清主宰の短歌誌「ポトナム」の会員となって本格的な作歌をしたほどであった。やがて島に帰り、戦時中は加計呂麻島の押角尋常高等小学校の教員となっている。
そのように知的な生活は幼少の頃から身に付いていたのであったが、また同時に南島の海辺に生れ育ったことにより、豊かな大自然とのすこやかな交歓も体いっぱい体験しているのである。

渚は、神が海のかなたのニライカナイから上がっておいでになるという思いがございます。先祖の霊が海のかなたから上がっていらして、渚を越え聚落の神の道を通って、門のところで足を火で温めて、家の中におはいりになる祭りがございます。門で迎え火を焚くのが不思議に思えて、幼いころ母に尋ねましたところ、それは潮水でぬれた足元を乾かすためと、海の底を歩いていらして冷えた足元を温めるためですと、教えてもらいました。

島尾ミホさんはふるさとのシバサシ祭りについて語っているのだが、小さい頃から見聞きした「神」との交渉がこの人の中で血肉となっていることが、おのずから伝わって来る。ミホさんの実家の宗教は、カソリックであり、みずからも生後一週間で幼児洗礼を受けている。西洋伝来の神を信仰する一方で、島に伝わる素朴な土俗の神をも心から畏敬するという、ミホさんは加計呂麻島の海辺でそのような自己形成を果たしたのである。著書『海辺の生と死』『祭り裏』には、加計呂麻島の豊饒な自然と人々の荒々しくもまたこまやかな生活の在りようがつぶさに描かれている。

石牟礼道子さんは、熊本県の天草島に生れている。石工だった父・白石亀太郎の仕事先で生れたので、数か月で一家は対岸の水俣町（現、水俣市）に帰る。だからこの人の出身地は天草というより水俣であるが、対談で語られているように、初めは水俣川の近く浜町に住んでいたけれど、やがて栄町に移り、それからまた家が「差押えを受けた」ために、不知火海辺の猿郷、通称「トントン村」に住むことになる。水俣の中でも特にこのトントン村がふるさと、と称して構わないであろう。

で、どこだろうと思ってましたら、海のそばの波の打ち返す渚のそばでした。ほんとうにもう家の前は海でして、今の水俣川の河口のところですけれど、さまざまな種類の貝殻がですね、星の散らばるごとくにあるんです。真新しい、見たことなかった貝殻が。そのひとつひとつが見たことのないもので、毎日毎日拾っておりました。沖に潟《がた》掘《ほ》り機が来てましてね、掘り返されて出てきたみたいでしたけど、潮が引きますと、もうずうっと砂浜が広がってましてね、その景色には感動いたしました。家の窮迫とか、どん底になりましたことは、頭にまあないことはないんですけど。

これはやはり、石牟礼さんにとって「原風景」であろう。でも、こういった牧歌的な海浜風景が後年いちじるしく損なわれて行く。水俣実務学校（現、水俣高校）を卒業し、小学校の教員となり、終戦を経験し、やがて結婚。詩や短歌の世界にはすでに馴染んでいたが、昭和二十九年になって同じ水俣出身の詩人で思想家の谷川雁氏を識る。庶民の無意識の心性の奥に「原点が存在する」と言い切ってみせたこの谷川氏が『サークル村』を創刊すると、これに加わり、石牟礼さんの表現活動は本格的になっていった。昭和三十年代の半ばになって、水俣では日本窒素（現、チッソ）による水銀禍が顕在化して来る。石牟礼さんの『苦海浄土』は、水銀禍によってあらわれる水俣病がいかにして水俣の漁民たちの世界を崩壊させたか如実に描いた力作だが、その原形「海と空のあいだに」が昭和四十年十二月から雑誌『熊本風土記』に連載され始める。

石牟礼さんは、自分を育み包んでくれていた海辺の原風景がボロボロと崩れ、失われて行くのを目の当たりにしながら、文章表現者として自覚的に成長せざるを得なかったのだと言える。

2

対談のほぼ全体にわたって二人の間で作品やエピソードが語られ、あたかも座談の参加者の一人でもあるかのような存在感で話題にされる作家・島尾敏雄とは、何者であるか。

この人は、大正六年、神奈川県横浜市に生れて、八歳の時には関東大震災の影響で兵庫県西灘村に移住、さらに四年後には神戸市に移っている。夏休みや冬休みなどにはきまって両親のふるさと福島県相馬郡小高町で過ごしていたというから、幼少年時に早くも関東・関西・東北という三地域を経験している。さらに、長崎高等商業学校（現、長崎大学経済学部）、九州帝国大学（現、九州大学）と進むので、長崎・福岡と九州での生活が続く。大学を繰上げ卒業し、第一期魚雷艇学生として訓練を受けた後、昭和十九年十月、第十八震洋隊の指揮官として加計呂麻島呑之浦《ぬんみゆら》に進出。この時、岬一つ隔てた隣村の押角尋常高等小学校の教師・大平ミホさんと運命的な出会いを果たすのである。

特攻出撃の命令が下り、即時待機に入った状態の時に昭和二十年八月十五日の敗戦に遭《あ》うという、きわめて特異な経験をして生還したあと、神戸に復員し、やがてミホさんと結婚、本格的な文学活動にも入る。「単独旅行者」「夢の中での日常」など独特の超現実主義的な作風は注目を浴び、徐々に作家としての地歩が固まっていく。やがて上京するが、ミホさんの発病により何度か転居する。昭和三十年には鹿児島県名瀬市に移り、鹿児島県立図書館奄美分館長を務めながら作家生活の方も旺盛に続けたのであった。

昭和五十年、分館長を退職してから鹿児島県指宿市に移り住むが、その後、昭和六十一年に六十九歳で没するまでにも数度の引っ越しをしている、という具合で、幼少時から晩年に至るまで、各地を転々とする一生であった。こういった経歴から、島尾敏雄氏にはしばしば「旅人」「漂泊者」といった形容がなされる。

妻のミホさんをモデルにして書かれた長編小説が、『死の棘』である。

海軍士官出身で、今は小説家である夫、トシオ。ある日の昼下がり、外出から帰ってくると、机の上にインキ壺がひっくりかえり、机と畳と壁に血糊のようにインキが浴びせられている。その中に、トシオの日記帳がきたなく捨てられていた。やがて、妻の尋問が始まる。妻のミホは、トシオが戦時中に駐屯していた島の出身である。信じ切っていた夫の浮気をふとしたことからその日記の中に見出し、精神のバネを狂わせてしまったミホ。夫の今までの行為の一つ一つを問い質し、責め立てる。弁明を強いられる夫、子供の伸一やマヤは「カテイノジジョウをしないでね」と訴える。夫婦の際限のないもみ合いは子供も巻き込み、やがてミホは治療のため入院することになり、それには夫も行動を共にするのである。

この『死の棘』について、石牟礼道子さんが「楽しいんですよね、あれは」「途中もですけど、読後感としては、大変ユーモラスだったりして」と語っているが、かつて一度でもこの作品を読んだことがある人間だったら、ちょっと驚いてしまう発言である。ところが、これに対してミホさんの方も、「うれしゅうございます」と答えているではないか。さらには『死の棘』の作者自身までもが、生前誰からかそのような感想を言われて喜んでいた、というのだから、こうなったらもはや驚いたりしてはいられない。

それで考えますに、復活がテーマだろうと思いますけど。私ども一生を生きていると申しましても、日々の営みというのを、無自覚に生きているところがありますけれども、島尾さんがお書きになった世界というのは……。『天路歴程』という小説がありますよね。題の感じだけで申しますと、天の道を歩き通してそれで再生するというか……。あれは地獄という人もいるけれど、地獄ということとも違うなあと思いましてね。生身の内側からの光が作品の生理になっていて、現世を濾過《ろか》させて現世に至る男女の自由さのようなものを感じます。

石牟礼さんが「復活がテーマだろうと思います」と言い、十七世紀イギリスの名作『天路歴程』を引き合いに出して語るに至って、ようやくこちらも思い直すのだ、わたしたち現代の読者は『死の棘』をあまりに日常の次元に引き寄せてキマジメに読み込んでいはしなかったか、と。孤立した「個」と「個」のせめぎあいやすれ違いによって成り立つ現代小説を読み慣れた人間にとって、目から鱗が落ちるような思いである。ほんとに、『死の棘』の夫婦のドラマは現代の尺度でだけ計るのでなく、石牟礼さんのようにもっと長い長い時間の幅の中で読んでみる必要があるのだ。

あまりにも妻と夫との相剋が激しいし、実際の生活がそのままに近いかたちで描かれた、と思われる内容であったため、『死の棘』は、普通、純然たる私小説と見なされている。展開する世界はまさしく夫婦の地獄図であり、現代人の家庭にはいつでも裂け目が存在し、『死の棘』に見るような地獄図がほの見える、という具合の受け止め方である。

しかし石牟礼さんのように、十七世紀イギリスの『天路歴程』を味わう時と同じような視点と感覚で読むなら、確かに『死の棘』には突き抜けた天上性がある。現代小説でなく、「物語」として読まれて構わないのであろう。

3

そんなふうにして石牟礼さんの『死の棘』観を受け取った後は、なんだか気分が違って来る。島尾ミホさんが、『死の棘』の清書は「私がいたしました」と語るのは、初めはたいへん意外な気がしたものだが、もう平気である。ミホさんは『死の棘』に限らず島尾敏雄氏の作品は初期のものから清書を手伝って来た、と言う。自分の夫の仕事に関わりを持てるのは無上の幸わせと思っていたし、清書していて「『死の棘』も含めて、小説作品はすべて、作家としての島尾の思考に基づいて作り出された物語の世界」だから、「小説作品として読んでの感興はございますが、書かれている内容についての別段の感慨はございません」と述べているのも、もう当たり前のこととして読むことができる。それで、

小説を書いていく過程をそばで観察していますと、何か胸のときめきのような楽しさがございます。しかし島尾は私に、清書にかかるまでは原稿は絶対に見てはいけないと申していました。何回も推敲をいたしますけれども「推敲の途中は見ないで欲しい」と申していました。私の「でき上がってから清書の段階で見て、その途中は見ないで欲しい」と申していました。書き方は反対でございまして、書きましたら「ごらんになって」とすぐに持っていきますし、「教

えて下さい」と申しますと、「文章は教えられるものじゃありませんよ、文章は教えるというものじゃなくて、自分の思ったように書けばいいのですよ」と申しました。

こうしたミホさんの談話も、単に作家とその妻のエピソードが披露されたという以上のものが感じられる。どう喩《たと》えたら良いか。そう、炉端で民話を聞いたような感じがするではないか。良く知られている、「鶴の恩返し」である。鶴は人間の姿をして人界に現われ、恩を受けた男の妻となって尽くすのだが、織物を織るにあたって、自分がこれを織り上げるまでは決して仕事場を覗いてはなりませぬ、と夫に厳命するのである。異類と人との婚姻譚。島尾敏雄その人を民話の鶴と比較するなどとはいかにも乱暴なことではあるが、「推敲の途中は見ないで欲しい」という一言はなにがしかの普遍性を持つと思うからこそこういう連想も浮かぶのである。

ところで、島尾ミホさんが鹿児島市の磯庭園で、奄美大島と徳之島にだけ生息する特殊鳥類のルリカケスを見に行った時、ふるさとの幼なじみに出会ったかのように懐かしくなって「ヒョーシヤーコー、ヒョーシャー、カンコー」と鳥に呼びかけたところ、一羽のルリカケスが翼を広げてミホさんの近くまで飛んできて金網に止まった。そして「じっと私を見」るので「懐かしさで涙がこぼれました」というくだりには、溜め息が出てしまう。それはきっと、ミホさん自身が考えるように、「ふるさとの島の言葉で呼びかけた」のが鳥のほうへも通じたのであったろう。

そしてなおも続けて呼びかけていますと、次々に飛んできて、私の近くに止まったかと思うと、すぐまた木の茂みの中へ戻り、そしてまたこちらへ飛んで来ることを繰り返しておりました。なかには姿は見せずに、私の声に答えるかのように、葉枝の間から、「ヒョー、ヒョー」と応答を続けてくれるのもいますし、最初の一羽は私の肩近くの金網につかまったまま、私をじっと見ていました。

このあと石牟礼道子さんが「よかったですねえ。ミホさんでないと、そんな浄福の刻はつくりだせません」と応じているが、実際、現代にあってはこんなにして鳥たちとたやすく魂の交信をすることができる人は、ざらにはいない。でも、「よかったですねえ」と応じた石牟礼さんも、負けず劣らず鳥たちと会話をすることができるタイプの人、ではなかろうか。島尾ミホ・石牟礼道子の両人の感性は、共に長い長い時間の幅を有しており、きっと古代にまで届くものではないか、と思うのだ。とくにミホさんの場合、古代人たちがふだんにしていたであろう大自然との心の通わせ方が淀みがない、と言って良い。

今、「ヤポネシア」という語がしきりに思い起こされる。

島尾敏雄氏は、昭和三十六年十二月、平凡社刊『世界教養全集21』の月報に「ヤポネシアの根っこ」と題したエッセイを寄稿した。その中で、島尾氏は、日本や日本人が何であるか知りたいと願う際に、本土が中心になりがちであり、しかも本土の生活や文化については大陸からの影響ばかりが取り沙汰されてきた、だが奄美に住んでみて「はっきりわからぬが海を越えた南の方からはたらきかける深いところからの呼びかけが感受される」と述懐している。事実、奄美の民謡の旋律や踊りの身のこなし、会釈の仕方や言葉の発声法などが自分を包み込み、魅惑する、しかもそれらは本土ではもう見つけることが困難になっているが、「遠く離れた記憶の中でひとつに結びつくような感応をもっている」と言うのであった。

島尾氏は、大陸からの強い影響を受けて染まってしまう以前の日本列島、というものに思いを馳せていたに違いなかった。大陸や本土中心の文化・生活観がある一方で、島々伝いに残されたものも「ひとつの際立ったかたちを形づくっている」ので、そこで、そうした島々の長い連なりを「ヤポネシア」と称《よ》ぼう、と思い立つ。こうして、北は千島あたりから南は琉球弧に至る島々の連なりを視野に入れて発語された、開かれた文化概念「ヤポネシア」は、多くの人たちの共感を得た。

先に粗述したように、島尾敏雄氏は数え切れぬ転地・転居をしたから、確かに「旅人」「漂泊者」である。しかしそのような遍歴の中から、自らの内に単に文学者・作家というに止どまらぬもう一つの側面、新造語「ヤポネシア」の創出者という顔を有するに至ったのである。

この島尾ミホさんと石牟礼道子さんの対談も、島尾敏雄氏のヤポネシア論としっかり熱く繋がる性質のものではないだろうか。南九州の吹上浜近くで行われたというより、むしろヤポネシアの南の海辺から発信されたもの、と捉える方がふさわしい。

4

島尾ミホさんが、対談の途中で「しかし過ぎ去った日々の世界はどうしてあんなに美しかったのでございましょう。人間の生きざままでも、人々のこころでも、空や海をみても、山や鳥を見ても」と、しみじみと語っている。それに呼応して石牟礼近子さんも、

加計呂麻はどんなところだったかと思います。そこにいるものたちの呼吸によって、草も木も枯れたり芽吹いたりして、本来のいちばん美しい姿をとっていたんじゃないでしょうか。今はどちらを向いても壊れてゆく姿ばかりですから。

と語っている。

二人とも、過ぎ去った日々を無条件に美しかったなどと考えてはいないのである。にもかかわらず、ミホさんが「しかし過ぎ去った日々の世界はどうしてあんなに美しかったのでございましょう」と語り、石牟礼さんが、「今はどちらを向いても壊れてゆく姿ばかりですから」と応じるのは、たぶん、二人が共に、今日の社会に対して深い幻滅感を抱いているからであろう。

作品にいたしますとき、育ててもらった世界を相対化して作品化していく過程では非常に、

どの作品もそうですけど、美化しているわけじゃないんですけど、理想化して書いている気持ちはございますね。あのう、そこでは哀憐ただならないという気持ちがございますね、作品の上では。

書いておりますうちに浄化作用のようなのが私の中で起きてきて、ある種の聖域のように、特に水俣病みたいなのがかぶさってきましたから、一種の聖域として書こうとしている気がいたします。もう失われた世界でございますけど。

石牟礼道子さんが自身の郷土水俣についてこう語るのもそうであって、実に目の前の現実に深くきつく幻滅しているからこその、それこそ幻滅を超えて浄化された魂で文章世界を構築したい、との覚悟のあらわれなのである。

島尾ミホさんも石牟礼道子さんも、昔の生活のありようや信仰、島尾敏雄の人と文学などを語らいながら、確かな存在感のあったそれら一つ一つについて跡づける。跡づける過程から、今何が切実に必要とされるのか、現代に何か失われ、崩れてしまっているかを指摘してくれているのだ、と思う。

十二年も前に行われたというのに、この長編の対談は捕れたての魚のようにみずみずしい。それは、きっと、島尾ミホ・石牟礼道子の両人が、ヤポネシア論の血肉化された存在として、長い長い時間の幅と豊かな文化的土壌を踏まえて対話したからであろう。

（作家）

二〇〇三年三月

〔著者略歴〕

島尾ミホ（しまお・みほ）

一九一九年、鹿児島県鹿児島市生まれ。

一九二一年、加計呂麻島（奄美大島）・押角の実父の妹夫婦、大平文一郎・吉鶴夫妻の許に引き取られる。

一九四六年、島尾敏雄と結婚。

一九七四年、『海辺の生と死』（創樹社）刊行。本書で、一九七五年、南日本文学賞、田村俊子賞受賞。

一九八七年、『祭り裏』（中央公論社）刊行。

一九九六年、南海文学賞受賞。

二〇〇七年、死去。

二〇一七年、『島尾敏雄・ミホ 愛の往復書簡』（中央公論社）刊行。

石牟礼道子（いしむれ・みちこ）

一九二七年、熊本県天草郡（現天草市）生まれ。

一九六九年、『苦海浄土――わが水俣病』（講談社）の刊行により注目される。

一九七三年、季刊誌「暗河」を渡辺京二、松浦豊敏らと創刊。マグサイサイ賞受賞。

一九九三年、『十六夜橋』（径書房）で紫式部賞受賞。

一九九六年、第一回水俣・東京展で、緒方正人が回航した打瀬船日月丸を舞台とした「出魂儀」が感動を呼んだ。

二〇〇一年、朝日賞受賞。

二〇〇三年、『はにかみの国　石牟礼道子全詩集』（石風社）で芸術選奨文部科学大臣賞受賞。

二〇一四年、『石牟礼道子全集』全十七巻・別巻一（藤原書店）が完結。

二〇一八年二月、死去。

〔新装版〕対談　ヤポネシアの海辺《うみべ》から

二〇〇三年五月三〇日　初版発行
二〇二三年二月一〇日　新装版発行

著　者　島尾《しまお》ミホ
　　　　石牟礼道子《いしむれみちこ》

発行者　小野静男

発行所　株式会社　弦書房
（〒810・0041）
福岡市中央区大名二―二―四三
ELK大名ビル三〇一
電　話　〇九二・七二六・九八八五
FAX　〇九二・七二六・九八八六

組版・制作　合同会社キヅキブックス
印刷・製本　シナノ書籍印刷株式会社

ISBN978-4-86329-261-1　C0095